Tahar Djaout est né en 1954. Après des études de mathématiques, il est devenu journaliste en 1976. Il est l'auteur de nombreux poèmes et romans, dont *Les Chercheurs d'os* – Prix 1984 de la Fondation Del Duca. Fondateur, en janvier 1993 du magazine *Ruptures*, il a été assassiné à Alger en juin de la même année.

DU MÊME AUTEUR

Solstice barbelé
poèmes
Naamam, 1975

L'Arche à vau-l'eau
poèmes
Éditions Saint-Germain-des-Prés, 1978

Les Rets de l'oiseleur
nouvelles
SNED (Alger), 1983

L'Invention du désert
roman
Seuil, 1987

Les Vigiles
roman
prix Méditerranée, 1991
Seuil, 1991
et « Points », n° P171

L'Exproprié
roman
François Majault, 1991

Le Dernier Été de la raison
roman
Seuil, 1999

La Kabylie
(avec Ali Marok)
Paris-Méditérranée, 2001

Tahar Djaout

LES CHERCHEURS D'OS

ROMAN

Éditions du Seuil

TEXTE INTÉGRAL

ISBN 978-2-02-048491-6
(ISBN 2-02-006710-2, 1re édition)

I

1

Ils s'arrangeaient toujours pour arriver dans les différents villages qu'ils traversaient à l'heure la plus chaude de la journée. Les cigales, écrasées sous l'enclume de la canicule, somnolaient en silence sur l'écorce des frênes. On pouvait s'approcher d'elles, tendre la main et les saisir avant qu'elles ne se rendent compte de rien. Mais les gens étaient tous là, à l'ombre bienfaisante des mosquées. La solennité du moment avait partout banni la sieste.

Chaque fois que quelqu'un passait, talonnant un âne accablé par les mouches, un vétéran mettait sa main en visière au-dessus des sourcils et en demandait l'identité. Et un autre vieillard, secouant machinalement son éventail fait d'un carton planté dans un roseau, lançait : « C'est Saïd Oukaci du village d'Igoudjdal », ou : « Il me semble que c'est le fils d'Ali Madal du hameau de Laâzib. »

Mais au bout de quelques jours il n'était plus possible d'identifier tout le monde. Il en venait de partout – parfois des adolescents à peine pubères qui ne connaissaient même pas les formules consacrées de politesse pour saluer les assemblées. Ils passaient, rouges de gêne ou de chaleur, en bourrant sans raison apparente leur âne de coups d'aiguillon. Et parfois – comble de sacrilège! – ils ne descendaient même pas de monture en traversant l'espace de la djemaâ. Des gamins qui ne connaissaient encore rien de la vie mais allaient « farfouiller dans les registres de la mort » pour lui disputer des squelettes dont les vivants avaient besoin pour atténuer l'éclat trop insolent des richesses que le nouveau monde dispensait.

La guerre terminée, le peuple avait organisé un festin effréné où se bousculaient sans ménagement d'interminables discours sur la patrie et la fraternité, de gigantesques flambeaux allumés un peu partout pour signifier le règne retrouvé de la lumière, une générosité sans balises qui faisait du bien de chacun le bien de tout le monde. Même l'intraitable puritanisme, échafaudé laborieusement par les siècles, avait volé en éclats. On se mettait tous ensemble la nuit dans l'une des maisons aux portes basses de la montagne et les femmes chantaient par chœurs de quatre en tournant sur elles-mêmes jusqu'à épuisement.

Puis on s'était arrêté un moment, exténué de danses, de veilles et de palabres ronflantes et on avait pensé à ceux qui n'étaient plus. Comme sous le coup d'une injonction soudaine, les gens avaient sellé leurs ânes et leurs mulets, pris leurs pioches et étaient partis chercher les restes de leurs morts pour leur donner une sépulture digne de citoyens souverains. C'était une attitude toute de dévouement et d'abnégation. Le peuple aurait très bien pu élever une digue entre le passé et lui pour fortifier son nouveau bonheur; il aurait pu jeter ses morts avec l'eau putride de la baignoire guerrière pour savourer en bonne conscience une quiétude chèrement acquise. Mais le peuple tenait à ses morts comme à une preuve irréfutable à exhiber un jour devant le parjure du temps et des hommes. Les montures asines furent sellées et la terre allait être sommée de se plier à l'inventaire en livrant à l'unité près le nombre de cadavres engloutis.

Ils ne partirent pas tous en même temps mais par vagues de deux à quatre. Ceux qui avaient le plus de renseignements s'en furent le premier jour; d'autres devaient attendre un dernier repère de lieu ou une vague indication de petite bataille avant de s'armer pour la route et pour les fouilles. La guerre avait semé ses victimes sur un pays vaste comme la mer. Et pour la première fois les hommes allaient sortir de leurs creux de montagnes et de leurs confréries villageoises pour chercher leurs morts dans les plaines, les villes trépidantes, les vastes espaces nus comme la pierre. Ils découvriraient des richesses dont ils n'auraient jamais soupçonné l'ampleur et la superbe, des objets qu'ils ne connaissaient pas, aux fonctions étranges, des hommes qui parlaient une autre langue et avaient d'autres comportements.

Il faut sans doute revenir sur cette idée d'abnégation qui avait couru à propos des villageois. Elle a été souvent remise en question par la suite. Il s'est même trouvé des personnes pour affirmer que les gens des montagnes étaient sur le point de renier définitivement leurs morts – malgré la vigilance d'un chef militaire de l'armée libératrice qui portait un casque colonial et faisait à longueur de journée des discours sur le profane et le sacré, sur le courage et la couardise, sur le licite et l'interdit. Un beau matin il rassembla tous les villageois sur la place et, sans le moindre préambule, déversa sur leurs faces assoiffées de révélations les imprécations les plus excessives, fustigeant leur égoïsme et leur propension à l'oubli, leur reprochant de n'avoir eu dans leur folie festivalière aucune pensée pour ces absents à qui ils devaient tout.

Les villageois terrorisés ne se le firent pas dire trois fois. Ils harnachèrent leurs bêtes de somme et se pourvurent de nourriture en prévision des plus longs déplacements. La saison se prêtait aux voyages. Il faisait certes un peu trop chaud dans la journée mais la douce tiédeur des nuits dispensait d'un toit et d'une literie. On pouvait aussi, lorsque la faim et la soif se faisaient insistantes, s'arrêter dans un champ de figuiers ou un vignoble et se servir royalement; la générosité répandue soudain sur le pays abolissait toute formalité.

Les plus malheureux étaient ceux dont les morts eurent la bizarrerie d'aller tomber si loin qu'il fallait, pour les chercher, traverser tout le pays, une plaine qui s'étirait comme une journée impitoyable d'été, d'autres montagnes encore, plus rudes que la montagne natale et plus chauves qu'un chemin caillouteux, pour déboucher enfin sur une région de sable semblable à cet Enfer sans rémission dont le Livre fait le lot des impies. Là il n'y avait ni arbre pour ombrager, ni source pour désaltérer, ni figue ou raisin pour la faim. Ceux qui en reviendraient des mois et des mois plus tard raconteraient des lieux étranges que la raison avait peine à accepter. Une terre rouge sang ou sableuse, une chaleur capable de cuire des aliments, l'esprit qui échappait soudain à votre contrôle et partait s'ébattre dans des prairies et des cours d'eau qui n'existaient pas. Ils parleraient aussi des très rares hommes qu'ils y avaient rencontrés, des hommes d'un calme et d'une sollicitude remarquables.

Mais la plupart des chercheurs n'étaient pas allés bien loin. Ils avaient rarement quitté le pays montagneux, s'absentant juste une journée ou deux pour revenir triomphants et l'esprit en paix à tout jamais avec un père, un frère ou un fils docile dont les os cliquetaient dans une outre ou un sac de jute.

Le cimetière aménagé de façon onéreuse pour ces restes de héros était si impressionnant que maints vieillards avaient rêvé avec jubilation d'une mort charitable qui les couchait à côté de ces squelettes heureux. Oui, le site était impressionnant : toute une colline d'où l'on pouvait contempler la mer avait été délestée de ses arbres et entourée d'un grillage neuf. C'était la parcelle la mieux située du village; elle ne pouvait échapper au regard d'aucun voyageur. Nos morts sont les plus méritants d'entre nous, avaient pensé les villageois, eux seuls sont dignes de nous représenter au regard de ceux qui passent ou interrogent.

Les convois de chercheurs venaient de différents villages mais tous ceux qui se dirigeaient vers l'ouest faisaient un bout de chemin ensemble. C'était une bonne route carrossable que les soldats d'occupation avaient ouverte pour leurs chars et leurs half-tracks. Elle dévalait une haute montagne en dessinant des lacis puis coulait, comme un cours d'eau tranquille, entre des hameaux rapprochés : Idassen, Tabaârourt, Ighil-Mahdi, Oulmou. Au détour du dernier village l'horizon se déchirait sur la mer. La route descendait encore un peu, ombragée d'aulnes et de cyprès, puis s'élançait, rectiligne, parallèle à la mer toute proche dont on entendait les halètements. Les villages qu'on rencontrait ensuite : Tifezouine, Agouni, Ouandlous, Abroun étaient d'accès beaucoup plus difficile. On les voyait de la route et on se demandait comment ceux qui y vivaient faisaient pour en descendre et y remonter. C'étaient de véritables nids de gypaètes qui couronnaient du rouge de leurs toits d'immenses roches inhospitalières. On pensait en les regardant qu'il aurait suffi d'exécuter de là-haut un vol plané de plusieurs centaines de mètres pour se retrouver dans la mer.

L'été était à ses jours de plus haute tension. On avait l'impression que le soleil s'était abaissé un peu plus près de la terre pour se frotter aux herbes et les roussir. La chaleur s'annonçait dès l'aube par une vaste auréole à l'est. Puis le chaudron du ciel commençait à bouillir lentement. Jusqu'à cette brûlure blanche comme l'os qui faisait s'étrangler les cigales et osciller la haute stature des frênes. Les vieillards adhéraient comme des mollusques aux murs de la djemaâ, quêtant une fraîcheur furtive enfouie au cœur de la pierre ou du crépi en ciment. La gandoura s'ouvrait en larges échancrures sur des torses secs et broussailleux. Les vieillards respiraient péniblement comme des poules oppressées par la rareté de l'air. On aurait été sans doute plus inspiré de rester chez soi, à s'octroyer une sieste au frais. Mais les gens avaient été si longtemps chassés de l'espace extérieur par l'armée d'occupation, ils avaient vu leur horizon se rétrécir tellement durant ces terribles années de guerre qu'ils préféraient se trouver là, offerts au souffle grésillant de la canicule, pour rattraper tout ce dont la guerre les avait si longuement privés. Ils voulaient se réapproprier à pleines goulées d'yeux, de mains et de poumons les paysages et les sensations chers de la jeunesse dont ils avaient été exclus. Mordre à pleines dents et à plein cœur dans le bleu papillotant du ciel, le vert et le rugueux des arbres, le gluant et le chaud des sèves, le miroir des rivières sinueuses, le roussi des herbes d'été.

2

Un peu de fraîcheur nous aurait sans doute délivrés des mouches. Elles sont pires que les chalumeaux du ciel. Si au moins elles s'enfuyaient sous la menace. De véritables grains de plomb qui forent la peau avec application. C'est la vraie plaie incurable de l'été. La terreur des bêtes de somme et des vieillards somnolents. Mais ceux-ci ne sont pas persécutés seulement par les mouches. S'y ajoutent les exactions de la marmaille survoltée. La liberté (retrouvée pour les uns et découverte pour la première fois par d'autres) avait bouleversé les us du pays. Moi, par exemple, avec mes quatorze ans qui pointent au bout de l'automne proche, personne ne m'aurait imaginé, il y a quelques mois seulement, côtoyant les vieillards à la djemaâ. Leurs assises nous étaient strictement interdites. Je ne comprends d'ailleurs pas pourquoi, car nous venons de nous rendre compte que nous n'y apprenons absolument rien que nous ne sachions déjà.

C'est, tout simplement, que les vieillards sont aigris et qu'ils ne supportent pas cette jeunesse bruyante qui doit leur rappeler à tout moment que la mort est une bien triste condition – en dépit de toutes les récompenses et de tous les paradis promis outre-tombe pour les fidèles. Nous te remercions, Dieu Tout-Puissant, de nous avoir fait naître dans la communauté des croyants. Mais, même en cette période de guerre où la mort est devenue fait courant et menaçant n'importe qui, les vieillards n'arrivent pas à se consoler. Ils savent que leur mort à eux est la plus triste et la plus inutile. Une mort-formalité qui ne sert personne et n'apitoie personne, une mort qui n'aura pas droit à ces palabres emphatiques qu'arrache chaque jour aux vivants le souvenir d'une jeunesse que la guerre a cisaillée en pleine floraison. Une mort qui fera de leurs tristes carcasses autre chose que ces dépouilles patriotes sur lesquelles prolifèrent les oraisons comme des vers insatiables. Alors, la djemaâ c'est tout ce qui leur reste. Et ils exigent qu'on les y laisse somnoler en paix comme ces crapauds affalés dont ils ont la peau tavelée et rugueuse.

Les nouvelles habitudes du village ont créé chez les vieillards un sentiment de gêne intenable. Les discussions à la djemaâ tournent désormais toujours autour de ces jeunes hommes tombés au champ d'honneur, et eux s'efforcent de se ramasser sur eux-mêmes comme des chiffes répugnantes qui ont le front d'être vivantes alors que tant de vigueurs et de mérites dorment sous terre depuis des ans. Ceux qui ont un fils ou petit-fils tombé sous les balles se sentent encore plus coupables : ils n'auraient pas pu, les pleutres, les égoïstes, les procréateurs indignes, aller eux-mêmes au-devant de la mort les premiers comme la nature l'exige? N'ont-ils pas coutume de rappeler, détenteurs hypocrites d'une sagesse qu'ils ne respectent même pas, que les premiers venus doivent être les premiers partis?

Pourtant il se trouve des vieillards que j'aime bien et qui ne méritent nullement ce sort de chien battu et consentant qui est devenu le leur. Il y a, par exemple, Hand Ouzerouk, homme filiforme et rougeaud qui raconte à la jeunesse des histoires toutes drôles et toutes vertes en jetant des regards autour de lui pour s'assurer que les autres vieillards ne l'entendent pas. Avant la guerre il possédait près de la route, un peu en retrait du village, une baraque où il vendait toutes sortes de choses, surtout des tissus pour femmes.

Ces jours-ci, lorsque les vieillards se retrouvent entre eux à la djemaâ, ils sont complètement déroutés, car ils ne savent pas de quoi parler. Ils ont vite fait le tour des discussions se rapportant aux choses éternelles qui font la vie : la chaleur, la nuit, l'eau, les fruits, les moissons. Parfois ils sont tout heureux de trouver une imprécation à lancer contre les mouches ou de constater une légère hausse de température qui vaut la peine d'être commentée. Puis c'est de nouveau la victoire oppressive du silence. Je vois les vieillards dodeliner de la tête et respirer avec effort comme des crapauds sur le point de passer dans l'au-delà des bêtes hideuses. Il ne reste donc plus d'humanité chez les gens? Ne subsiste-t-il aucun sentiment de pitié qui déciderait quelqu'un à prendre par la main un vieillard déchu, à l'abreuver de petites paroles réconfortantes qui lui feraient comprendre qu'il possède encore une place légitime en ce bas monde?

Non, Hand Ouzerouk, lui, n'accepte pas le bien-fondé

du sort qui est fait aux vieillards. Il vitupère qui il veut, tient tête à n'importe lequel de ces hommes armés et glorieux qui en imposent à tout le monde, parle des femmes et de certains sujets prohibés avec une liberté difficilement concevable dans ce village aux mœurs rectilignes où les gens n'osent même pas éternuer de façon inédite.

Rabah Ouali, son compagnon, est un homme d'abord nettement plus jeune mais aussi plus complexe. Il rigole bien de temps à autre à la face de personnages qui se croient trop importants mais sait se montrer conciliant, voire timoré, lorsque les choses tournent au vinaigre. Ses propos ont moins de hardiesse et de verdeur que ceux de Hand Ouzerouk; j'aime bien cependant ses anecdotes et sa manière insolite de tourner à sa guise le cours d'une discussion sérieuse.

Lorsqu'on m'a annoncé que j'allais partir avec Rabah Ouali je n'ai éprouvé aucune contrariété. Certes, j'aurais préféré Hand Ouzerouk comme compagnon d'un long voyage. Mais les grandes personnes font parfois des choix incompréhensibles.

Je ne savais pas que moi aussi j'aurais à partir. En regardant à maintes reprises ces convois anachroniques où hommes et bêtes se confondaient sous la même poussière transfigurante et la même chaleur d'enfer, jamais je n'aurais pensé que je me rangerais un jour moi-même parmi ces déterreurs allègres.

Mon frère, tombé au combat il y a maintenant trois ans, n'est-il donc lui aussi qu'un amas d'os à conviction? Je pensais que ma mère et mon impotent de père avaient plus d'affection et de considération pour lui. Je pensais qu'il existait, dans un recoin plus délicat de ces rugueuses enveloppes montagnardes, des amours véritables qui pouvaient résister à la folie exhibitrice et charognarde qui avait animé soudain des humains à l'endroit des êtres qu'ils avaient parfois le mieux aimés. Mais voilà, chaque famille, chaque personne a besoin de sa petite poignée d'os bien à elle pour justifier l'arrogance et les airs importants qui vont caractériser son comportement à venir sur la place du village. Ces os constituent un prélude plutôt cocasse à la débauche de papiers, certificats et attestations divers qui feront quelque temps après leur apparition et leur loi intransigeante. Malheur à qui n'aura ni os ni papiers à exhiber devant l'incrédulité de ses semblables! Malheur à qui n'aura pas compris que la parole ne vaut plus rien et que l'ère du serment oral est à jamais révolue!

Comme nous ne possédons pas de monture, Ali Amaouche a consenti à nous prêter la sienne. Je ne sais par quel miracle d'ailleurs, parce que d'habitude il tient à ses ânes plus qu'à ses enfants. Mais ce temps d'euphorie et de folie heureuse a modifié tant de comportements et de sentiments chez les hommes! De toute manière la fierté d'Amaouche à l'adresse de ses ânes est parfaitement légitime; il a toujours eu les plus belles bêtes du village : crinière et poils de la queue bien coupés, robe bouchonnée et luisante, fers toujours neufs et cliquetants. Les noms mêmes dont il gratifie ses ânes révèlent beaucoup d'affection : Tikouk, Bouriche ou Mhand nath Mhand selon la taille, le poil et la rapidité de la bête. « Arrr, a-t-il coutume de crier en conduisant ses bourricots à travers les ruelles en pente, que Dieu te transforme en cheval! » Personne au village n'aurait eu le front d'acheter un âne ou un mulet sans faire appel aux conseils infaillibles d'Ali Amaouche.

Il a donc consenti à nous prêter son bourricot, mais il l'a suivi jusque chez nous, inquiet, vérifiant le bât et les fers, jetant un dernier coup d'œil sur l'encolure et le poitrail, nous accablant de conseils, de recommandations, de prières. Ce sont de véritables inquiétudes de mère à l'adresse d'un enfant gâté ou grincheux. Nous devons donner toutes les assurances et inventer toutes les promesses.

Le mystère du choix de Rabah Ouali pour m'accompagner va vite s'éclaircir : je dois apprendre qu'un vague lien de parenté nous unit, et mes parents ont sans doute tenu à exploiter, avant qu'il ne disparaisse lui aussi comme tant de traditions qu'on avait crues indéracinables, ce sentiment d'indéfectible solidarité que le sang tisse chez les montagnards.

Ali Amaouche est resté là, à nous surveiller, jusqu'à l'ultime préparatif. Il a peur qu'on charge son âne outre mesure. Nous devons donc nous contenter d'un attirail succinct et de quelques provisions : deux pioches, une pelle, un sac en jute, deux musettes contenant de la galette et des figues sèches, une calebasse de petit lait. Ali Amaouche est quand même inquiet; il veut faire une dernière recommandation : celle de ne pas trop utiliser son âne comme monture; mais il sait que cela ne servira à rien.

D'ordinaire, quand les montagnards doivent voyager, ils se lèvent à l'aube pour gagner le plus de temps sur la chaleur. Mais la nouvelle condition du pays a modifié jusqu'aux habitudes les mieux ancrées, jusqu'aux gestes les plus naturels. On a l'impression que les gens ont découvert tout d'un coup la satisfaction voluptueuse de transgresser l'usage et l'interdit. Et toutes les barrières se sont mises à voler, l'une après l'autre. Avec une célérité et une violence qu'il était impossible de seulement imaginer quelques années auparavant, surprenant d'ailleurs souvent jusqu'aux plus acharnés contestataires.

Quand nous sortons du village en direction de l'ouest, le soleil a parcouru une belle tranche sur l'arc immaculé du ciel. Rabah Ouali chemine tout près de l'âne. Je le suis, en retrait de quelques pas. Je ne sais où je vais mais je suis heureux de quitter (pour combien de temps?) le village, décor implacable de mon enfance désolée.

3

L'été a figé gestes et bruits. Le silence lourd et blanc du soleil pousse seul les heures devant lui. Le Rabah Ouali que je découvre en cours de route est à des distances inimaginables de celui que j'ai eu à connaître au village. Ce sacré village avec ses barreaux invisibles mais tenaces qui s'élèvent soudain, menaçants, devant le premier imprudent qui ose prendre sa cuiller de la main gauche. Avec ses contraintes imbéciles et l'hypocrisie qui constitue la pierre angulaire de cette vie en communauté. Je me demande comment les gens tiennent le coup, jouent la comédie durant toute une vie sans éclater, comme le fait souvent Hand Ouzerouk, au grand jour, étalant leurs tripes, leurs humeurs et leur indignation. Et, comble de dérision, même ceux qui sont allés mourir ailleurs, sous des cieux plus cléments, face à la mer ou dans l'immensité tranquille des regs ou hammadas, voici qu'on décide de ramener leurs restes et leur souvenir dans ce village tyrannique qui les avait empêchés, leur vie durant, de respirer sans contrainte et d'étendre leurs membres au grand soleil bienfaisant qui pourtant pressure les corps jusqu'à en faire jaillir les humeurs les plus secrètes. Le mieux que je puisse espérer pour mon frère est que ses os demeurent introuvables, enfouis dans quelque terre plus hospitalière que cette parcelle de monde dont les mœurs et le rigorisme sont façonnés à l'image de ses rocailles.

Mon frère ne peut être qu'à l'aise là où il repose. De toute manière il est impossible qu'il s'y sente plus mal que chez nous. Je me souviens bien de lui. Un berger plutôt dégingandé qui ne menait pas une existence agréable. Ses seules fiertés résidaient dans notre chien Boobit et un béret basque qu'il arborait avec ostentation. Mon père notamment lui menait la vie bien dure. Les moutons, les chèvres, les flûtes en roseau et les pièges à lapins, voilà tout son univers. Il avait toujours rêvé d'entreprendre à pied un voyage qui le mènerait jusqu'à la ville la plus proche mais n'avait jamais réussi à mettre à exécution ce projet avant de prendre le fusil qui allait bouleverser de fond en comble les lois draconiennes qui régissaient sa vie.

Aujourd'hui encore, lorsqu'il m'arrive de penser à mon frère, je vois une grosse pierre couverte de lichens blancs. Cette pierre se trouve à Bouharoun, un champ que nous possédons loin du village. Avec la maison c'est l'endroit où j'ai le plus vu mon frère. Je le trouvais à chaque fois assis sur la grosse pierre à rêvasser ou à jouer de la flûte. Notre oncle maternel (qui devait lui aussi mourir durant la guerre) lui avait fait don un jour d'une belle flûte en métal qu'il avait lui-même percée et décorée à l'aide d'un couteau. Ce fut le jour le plus heureux de sa vie.

Mon frère était loin d'être un berger modèle. Si notre père en avait été capable, il aurait fait rouler jusqu'en enfer cette pierre coupable, témoin de toutes les distractions et de toutes les apathies. Quel genre de fellah mon frère aurait-il fait s'il avait vécu au-delà de l'âge de berger? C'est une question aux déprimantes perspectives que mon père a dû se poser plus d'une fois.

Heureusement que mon frère avait tout compris un beau jour. Il était rentré à la maison, méconnaissable, habité d'une force et de certitudes qui laissèrent mes parents pantois. Il était parti de nuit et nous ne devions le revoir que deux années plus tard, de nuit également et plus méconnaissable encore. Il était devenu plus grand, plus imposant, autoritaire et enjoué malgré son visage émacié. Sa tenue militaire et sa mitraillette (il allait nous apprendre qu'elle était d'origine chinoise) ne lui pesaient nullement. Quel port et quelle prestance! Oh, il en imposait à mon père. Qu'il était loin le berger dégingandé agrippé comme une limace à sa grosse pierre habillée de lichens! Un beau jeune homme l'accompagnait, blond comme un soldat d'occupation. Il parlait notre langue avec des intonations amusantes.

Je ne sais comment ma mère s'était arrangée pour sortir toutes ces bonnes choses à manger dont nous n'aurions jamais soupçonné l'existence sous notre toit : couscous blanc mélangé d'œufs et de morceaux de graisse, viande séchée délicieuse, gâteaux au miel.

Mon frère s'était débarrassé de son humeur sombre d'antan. Il mangeait en blaguant et débordait de mots d'esprit. Il nous entretenait des lieux et villages traversés (quelle revanche et quelle débauche pour lui qui rêvait jadis d'aller juste au village d'à côté sans jamais avoir pu le faire!), employait des mots nouveaux dont je ne comprenais pas le sens. A l'écouter j'avais conclu qu'il était devenu un homme important et qu'il vivait dans un royaume secret (une sorte de lieu aérien qu'on ne voit pas durant la journée, mais qui, la nuit, s'anime de lumières et de mouvements fantastiques) où les hommes étaient de grands frères courageux et bienveillants.

Comme il était doux d'imaginer mon frère évoluant dans ce monde mirifique et chevaleresque, soustrait au quotidien oppressant qui était le nôtre sous la crosse des soldats d'occupation! Je savais que son monde était un monde intransigeant mais juste où l'on acquérait des lettres de noblesse indélébiles. Celui qui y entrait – quelle que fût sa condition sociale de départ – s'auréolait aux yeux des villageois d'un prestige sans pareil. Quand on parlait de ces gens-là (et on ne le faisait que furtivement), on sortait les termes des occasions exceptionnelles, des termes qui donnaient la chair de poule et contraignaient à un silence respectueux : la terre, l'honneur, Dieu, le sang, la fraternité. Mon frère était aussi beau qu'imposant; sa sveltesse et son visage émacié ne rappelaient en aucun point l'adolescent malingre des années précédentes. Ils ne lui conféraient que plus d'élégance.

Et voici qu'aujourd'hui nous allons chercher son squelette hypothétique. Il avait quitté d'un bond imprévisible et fulgurant la misère qui tanne les enfances et leurs rêves fous. Mais savait-il que ce bond allait le projeter de l'autre côté de la vie? Comment avait-il accueilli la mort, lui le berger qui n'avait jamais débordé d'entrain ou de témérité? On dit que ces jeunes paysans qui rejoignaient le maquis mouraient avec un courage exemplaire. Sublimes jeunes hommes ou pauvres jeunes hommes? Les voilà maintenant couchés sous la pierre immuable, les voilà de l'autre côté du souffle et du frémissement, eux qui n'ont même pas eu le temps d'apprendre ce que la vie peut donner de rire et d'émois à l'esprit et au corps de la jeunesse.

Douce familiarité de la mort; mort cyclique et fatale comme le blé, le laurier amer et le raisin sucré. Voici que ceux que la mort a fauchés dans le feu et la dureté de la chair deviennent chansons sur les lèvres des femmes et palabres éloquentes dans les assemblées mâles.

La montagne se nomme Tamgout, elle est synonyme de mort certaine mais aussi de neige immaculée, de liberté dans l'air virginal des hauteurs. Les femmes sont belles, désirables malgré les cernes et les haillons de la guerre. Leur ventre est le creuset cruel de la vie et de la mort qui se donnent la main dans l'absolu. Triomphe de la chair ferme et vulnérable! Les femmes ont apprivoisé la mort par leur beauté tranquille, et leurs cris sauvages de chacals efflanqués fusent à la face de l'occupant terrorisé. Elles nous accompagnent dans la recherche des squelettes et elles chantent pour désamorcer l'angoisse et la peur paralysante. Elles chantent pour enlever aux larmes leur amertume.

Montagne, rabats tes crêtes
pour que nos regards voient les lieux d'enfance.
Montagne, sois clémente
pour les garçons couchés parmi tes pierres.

Mais Tamgout est imperturbable. Comme la faux en mouvement de la mort et des moissons. Tamgout est protectrice et meurtrière. Visage inversé soudain, incompréhensible, comme la chatte dévorant ses petits. Chaque fois que je pensais à tous ces morts, je voyais les bœufs attachés deux par deux et tournant inlassablement dans l'aire surchauffée de l'été. Le jaune aussi je le voyais. Couleur de la canicule et de la poussière de blé. Couleur des rêves aériens où les nuages de froment dévorent les insectes nonchalants. Jadis, alors que je commençais juste à découvrir l'envoûtement des champs d'été, mon frère et moi avions fait un pari sur la mort.

C'était une journée de canicule comme aujourd'hui. La mer au loin faisait un trait bleu immobile à la jonction du ciel. Je suis allé trouver mon frère sur sa grosse pierre aux moisissures grillées par le soleil. Les chèvres étaient couchées en ruminant à l'ombre d'un olivier et les moutons s'étaient serrés en haletant, accablés, comme des chiens fourvoyés sur une fausse piste. Tout à coup un crissement d'herbe frôlée. Nous regardâmes en même temps. Un petit lézard couleur d'herbe printanière marchait lentement vers la pierre. Je dis à mon frère :

– Qui est-ce qui a créé le petit lézard?

– C'est le grand lézard.

– Et qui est-ce qui a créé le grand lézard?

– C'est la lézarde moirée.

– Et qui est-ce qui a créé la lézarde moirée?

– C'est le crocodile des marais.

– Et qui est-ce qui a créé le crocodile des marais?

– C'est le Bon Dieu de ta mère.

– Est-ce que le lézard peut mourir?

– Bien sûr, répondit-il, je te parie un panier de raisin contre deux noyaux d'olive.

Et, prenant sa baguette en bois de frêne, il assena un coup au lézard qu'il sépara de sa queue. Mais, au lieu que le petit reptile mourût sous nos yeux, les deux tronçons frétillèrent un moment puis partirent chacun de son côté.

C'était une journée de canicule comme aujourd'hui. Et la mort musardait, sournoise, entre les épis de la jeunesse. La mort en gésine qui enfantait la gloire et les chansons brisées dans les gorges des femmes belles. La mort, jadis, c'étaient les vieillards gagnés par la décomposition, les membres gangrenés qui suppurent, c'étaient les malades cuvant quelque épidémie et dont les êtres les plus chers finissaient par être lassés ou dégoûtés. Mais un jour la mort avait pris le visage de la vigueur et de la grâce juvénile, le visage d'une jeunesse éternelle foudroyée soudain en plein envol. Les femmes bleuirent leurs yeux pour pleurer avec coquetterie, elles buvaient du miel de bon matin pour faciliter les modulations chaudes et carnassières de leurs voix.

Montagne, rabats tes crêtes
pour que nos regards voient les lieux d'enfance.
Montagne, sois clémente
pour les garçons couchés parmi tes pierres.

Rabah Ouali est à des kilomètres de la beauté des héros. Son nez ressemble à une patate douce et sa corpulence lui donne des airs d'ours tenu en laisse. Ses chances sont bien minces de fournir un jour la matière à ces chansons féminines qui exaltent la beauté physique et les mérites virils; elles sont encore plus minces d'être fauché en plein essor par la mort guerrière qui couche les jeunes gens dans le linceul pailleté de la gloire. Les étés insupportables, le fumier noirâtre épandu sur les champs d'automne, les mouches, les ânes et les choses sans imprévu liées au soleil et aux pluies : voici un univers-étau auquel Rabah Ouali ne pourra jamais échapper. Alors il a pris le parti de blaguer. Pour se venger de l'injustice du destin qui fait les uns beaux et les autres trop communs, les uns héroïques et les autres anonymes. A-t-il un peu de hargne dans le cœur, quelques blessures secrètes tapies dans l'inavoué de la mémoire? Il est très difficile de le savoir. Son goût de vivre à tout prix est trop fort pour l'autoriser à ouvrir une brèche dans le blockhaus de sa prudence. Les villageois sont cruels; quand ils parviennent à déceler une faille dans le mur d'enceinte qui cache la vie de chacun, ce dernier est à jamais perdu. Rabah Ouali se tient sur ses gardes, prêt à repousser par l'ironie toute tentative de forcer sa pauvre existence. Il ne s'emporte contre rien, dans la crainte de perdre un moment la pleine maîtrise de sa personne et de laisser bâiller la carapace. Contre rien et contre personne. Pas même contre les coups ridiculisants du destin. Chaque fois que les événements risquent de tourner mal, Rabah Ouali exhibe, pour justifier son calme mal placé, une formule-remède dont les éléments très modernes échappent à pas mal de villageois : « Enlève ton pied de dessus le frein de la vie et laisse la planète rouler à sa guise. »

4

Le soleil s'est fixé à un point de mon front et il s'est mis à vriller. Ma mémoire est une bouillie de lave où s'ébattent des sauterelles et un amas de feuilles roussies effritées par le pas des marcheurs. Toutes les choses autour de nous se sont mises à vivre avec intensité comme si on en sentait la présence et le poids pour la première fois. Le soleil assène ses coups de massue, l'air tremblote comme une surface liquide, les collines nous repoussent avec des mains invisibles mais fortes.

Villages, que vos places transformées en chaudrons sont inhospitalières aux pieds et aux épaules rompus! Que les regards somnolents qui ponctuent nos pérégrinations et nos haltes incitent peu à rester pour demander ne serait-ce qu'un peu d'eau! L'été impitoyable a mis le feu à la générosité des hommes, et les villages que nous traversons ne sont qu'un désert dissimulé sous des toits rouges. Jadis, j'aspirais à voir le plus de villages possible, je pensais que chacun avait des choses nouvelles à montrer. Et quand un garçon de ma connaissance revenait d'une bourgade quelconque, je me sentais dévoré de jalousie. Mais je viens de me rendre compte que ces sentiments étaient sans fondement. Rien ne ressemble à un village autant que le suivant. Ighil-Mahdi, Tifezouine, Taïncert, Azaghar, tous les hameaux n'ont à livrer à la curiosité que la même place minuscule, les mêmes arbres dégarnis, la même chaleur insoutenable et la même somnolence répandue par l'été. Seuls les villages qui ont vue sur la mer vous invitent à rester un moment pour respirer le large à pleins poumons.

La première surprise agréable est notre arrivée à Anezrou, le gros bourg que mon frère aspirait tant à visiter dans ses rêves insensés de berger. Vivre là doit s'accompagner d'un grand choix de délices. Les colons ne sont pas encore tous partis; quelques-uns, des vieux pour la plupart, promènent leurs chiens tenus en laisse dans un jardin exigu aux bancs verts et propres; un jet d'eau urine sans fin vers le ciel. Les colons sont déroutants avec leurs airs inoffensifs, apeurés ou pitoyables. Tous les étrangers que nous voyions dans notre village étaient des militaires brutaux; il en existe donc de civils comme nous? Comme le voyage vous apprend des choses incroyables!

A Anezrou nous avons fait notre première halte. A l'entrée un bouquet d'eucalyptus où les campagnards attachent leurs ânes. Puis une rue large et belle traverse la ville d'un bout à l'autre. Le mouvement est vertigineux, la circulation des gens intense. Des boutiques de tous genres offrent leurs denrées aux passants. J'aurais tant aimé avoir de la famille dans cette ville pour pouvoir y rester quelques jours, manger et boire de ces choses délicieuses qui n'existent pas dans les villages.

Nous avons erré, bousculés et sollicités, parmi la foule. Les victuailles aux étalages assènent des coups au nez et à l'estomac. Mon compagnon et guide va-t-il nous faire goûter aux délices de quelque gâteau inconnu? Mais c'est trop compter sur les gestes providentiels des grandes personnes. Rabah Ouali m'avait bien raconté quelques anecdotes assez marrantes, mais le ventre ne se satisfait pas de plaisanteries. Nous allons, un peu perdus, à travers les larges rues de la ville. Elles sont toutes droites et encombrées de voitures au repos. Rabah Ouali connaît le nom de beaucoup de ces véhicules.

Les garçons que je rencontre n'ont fait qu'accroître mon amertume : leur visage respire la santé, leurs vêtements sont propres, et ils ont tout l'air de mener une vie où les poux, la honte, les accrocs, la bouse et les tâches terriennes de collecte et de désherbage n'ont aucune place. Ceux qui parlent notre langue le font avec une discrète affectation; d'autres manient même avec aisance la langue des colons.

Je ne savais pas Dieu injuste à ce point-là. Et on ne cesse de nous rabâcher au village que nous sommes de naissance honorable, que nous appartenons à des familles respectables et que nous devons nous tenir constamment sur le qui-vive de peur de gâcher notre renommée et notre prestige! Oh, pouvoir être comme ces jeunes garçons du « jet d'eau » qui pisse vers le ciel, vivre dans le propre, le tiède et le moelleux – et, pourquoi pas? posséder comme eux un de ces jouets de rêve : appareil photo, petit poste radio. J'aurais sacrifié pour cela non seulement un privilège douteux de fils de famille mais toutes mes attaches avec le village. D'autres d'ailleurs l'ont fait. Ils sont même bien nombreux. On tait, par pudeur ou discrétion, leurs noms dans les discussions. Je les comprends maintenant ces fils de familles très pieuses, très respectables et très pauvres qui traversent une fois la mer et disent adieu à leur passé. Au village, malgré une indifférence de façade, on s'empresse d'aller voir à chaque fois ceux qui reviennent, on demande après les fils ou les pères prodigues durant quelques années puis, par fatalisme et bienséance, les parents ferment leur cœur et répondent au destin par le silence. On les appelle une fois pour toutes des « égarés » et on les considère comme tels.

Je ne sais pas si nos pérégrinations nous réservent des lieux plus agréables. Mais ce n'est nullement probable. Même la mer ici semble particulièrement domestiquée et accueillante avec des digues et des remparts sur mesure. La ville, elle, est trop propre. Elle est interdite aux crottes, aux braiments et à la marche résignée des ânes qui doivent rester à l'entrée, dans ce bouquet d'eucalyptus, à flairer le vent du large et à regarder passer les voitures.

Nous avons rencontré des personnes de notre village et de villages voisins. Elles ont toutes l'air à la fois affairées et malmenées par ce monde qui leur échappe. A peine ont-elles pris le temps de vous saluer que les voilà envolées, englouties dans un tourbillon d'affaires inextricables. Les gens ont découvert qu'on peut maintenant devenir riche et considéré, qu'on peut posséder sans bourse délier des biens inestimables. Le mot a été connu : le pays possède désormais un gouvernement qui est à tout le monde et qui a des richesses à distribuer à pleines poignées. Alors beaucoup de villageois ont déserté leurs maisons, ont vendu leur paire de bœufs et leur maigre troupeau de chèvres ou de moutons pour être moins encombrés. Ils se sont entassés devant les locaux administratifs dans l'attente de la manne, y passant parfois la nuit pour ne pas rater la première minute d'ouverture.

Au code d'honneur et aux coutumes des ancêtres ils ont substitué un autre code fait de papiers, d'extraits d'actes et d'attestations divers, de cartes de différentes couleurs. Les portefeuilles ont commencé à se gonfler de paperasses et les paysans ont dû solliciter à tout moment le concours de personnes lettrées pour leur faire distinguer un document d'un autre.

Nous ne restons, hélas, à Anezrou que le temps de laisser se reposer l'âne, de respirer l'air marin et de permettre à Rabah Ouali de fourrer un peu son nez dans les tractations bureaucratiques pour voir s'il n'y aurait pas moyen d'intercepter quelques miettes d'une aubaine bien improbable, mais sait-on jamais par ces temps qui défient toute compréhension?

Surtout nous ne goûtons à aucun des délices gastronomiques de la petite ville. Nous reprenons notre marche à travers des campagnes désolées, des sentiers à peine praticables, des villages perchés précairement sur des pitons. Lorsque la nuit commence à tomber nous allumons un feu entre des pierres et faisons notre cuisine.

5

– Da Rabah, à quoi donc serviront tous ces papiers que les citoyens pourchassent avec âpreté?

– L'avenir, mon enfant, est une immense papeterie où chaque calepin et chaque dossier vaudront cent fois leur pesant d'or. Malheur à qui ne figurera pas sur le bon registre!

– Tu as droit à des cartes et des attestations, toi aussi?

– Oui, mon ami, mais les cartes ont des couleurs différentes en rapport avec la couleur des événements. Moi, j'ai fait la guerre de manière un peu particulière. J'ai vécu des moments bien durs face à l'armée d'occupation.

– Tu avais pourtant passé toute la guerre au village.

– Bien sûr, mais les apparences ne sont pas tout. Tu te rappelles sans doute cette période de garde à vue par les militaires de tout le village, cette période de grande disette où les gens ne pouvaient même pas manger une fois par jour. Les ultimes alliés contre la famine : les glands, les herbes et les caroubes eux-mêmes devenaient introuvables. Nous étions quatre à sortir chaque nuit avec nos ânes pour essayer de collecter dans les champs alentour de quoi entretenir notre misérable vie. Pendant quelque temps nous pouvions nous estimer plus heureux que le reste des villageois que nous ne dédaignions d'ailleurs jamais d'aider d'une modeste poignée de fruits ou d'une botte d'herbe comestible. On ne peut quand même pas, en musulmans conséquents, s'empiffrer d'herbes variées jusqu'à avoir les lèvres et les gencives vertes comme de jeunes pommes pendant que votre voisin mastique le vent printanier! Mais voici que par une nuit néfaste une patrouille nous surprit dans les champs. Sommations. Rafale. Cris. Aucun de nous heureusement ne fut touché. Nous fûmes rejoints, bousculés, roués de coups et conduits avec nos ânes au camp. Là il nous fut intimé de reconnaître que notre escapade nocturne avait pour but la liaison avec les maquisards et le ravitaillement de ceux-ci. Brutalités. Bastonnades. Ecchymoses. Nous fûmes jetés dans une cave où nous restâmes trois jours. On nous libéra lorsqu'il fut formellement établi que nos sorties nocturnes n'avaient aucune relation avec les maquisards. Mais l'expérience de la cellule fut tellement déterminante qu'aucun d'entre nous n'osa entreprendre une nouvelle incursion. Nous nous contentâmes d'ajouter des crans supplémentaires à nos ceintures déjà amplement entaillées.

« Cependant la faim avait encore un jour dicté les décisions. Nous reprîmes nos sorties. En fouillant une fois au clair de lune dans le dépotoir militaire où il nous arrivait de trouver de ces boîtes de sardines un peu avariées mais toujours délicieuses, je découvris une enveloppe qu'une réaction incompréhensible me fit glisser immédiatement dans ma poche. Espérais-je y trouver de l'argent? Je ne puis me le rappeler. A mon arrivée à la maison, je fis lire la lettre par mon fils Chaâbane. J'appris que la missive en question était adressée à Jean-Pierre Leloup, le lieutenant commandant du camp, par son père. La lettre me surprit beaucoup car je ne savais pas qu'il existait des étrangers qui pensaient comme cela à notre endroit. Le père rappelait à son fils qu'il était issu d'une famille très respectable et qu'il ne devrait en aucun cas faire preuve de cruauté à l'adresse de ce peuple dont il occupait arbitrairement le pays. Il a parlé aussi dans la lettre de travail dans une usine, de différends et de luttes dont je n'avais pas bien saisi le sens et la portée. Le cas que le lieutenant Leloup avait fait de ces conseils ne devait pas être bien important puisque la lettre avait fini dans un dépotoir. Quant à moi j'étais loin de me douter que ma curiosité allait me sauver un jour.

« Mes compagnons d'infortune et moi fûmes encore surpris par une patrouille qui nous emmena au camp. Là on nous sépara et chacun de nous subit l'avant-propos d'un châtiment auprès duquel notre première mise en cellule faisait figure de réprimande maternelle. Le lieutenant Leloup lui-même était venu assister aux séances de torture. En le voyant entrer dans le réduit où mes tortionnaires m'avaient attaché, je m'écriai désespérément à son adresse :

– Lieutenant Leloup, vous êtes pourtant issu d'une famille très honorable et votre père n'aurait jamais toléré de vous voir agir ainsi.

« Il ne parut pas comprendre tout de suite. Il n'était même pas sûr que ce fût moi qui eusse parlé. Que venait donc faire sa famille dans ce lieu d'inhumanité? Mais il dut se rendre à l'évidence et se rapprocha de moi.

– Tu connais donc mon père?

– Si je connais votre père? Louis Leloup domicilié à Mons-en-Puelle dans le Nord. Mais c'est là-bas que j'ai passé toute ma période d'émigration avant la guerre. Nous avions même travaillé quelque temps dans la même usine.

« L'officier resta d'abord interdit puis :

– Pourquoi ne m'en as-tu jamais parlé?

– C'est que je ne tiens pas à vous incommoder par les tristes histoires de ma vie. La loi c'est la loi, je n'ai jamais voulu qu'on me fasse des faveurs.

« S'adressant alors aux tristes ordonnateurs de mon tourment, il leur enjoignit :

– Libérez-le sur-le-champ.

« Et j'ai cessé à partir de ce jour d'être ennuyé pour mes excursions nocturnes qui ne servaient plus désormais à seulement collecter des glands, du caroube et des herbes comestibles, mais bel et bien à établir une liaison avec les frères du maquis. »

La nuit, ces jours-ci, s'attarde des heures et des heures, musardant dans les replis des montagnes avant de se coucher pesamment sur la terre. Toutes les fatigues accumulées dans mon corps affleurent, ligotant mes membres et pesant sur mes paupières. Mais Rabah Ouali estime que nous devons d'abord nous rapprocher de la mer. La température, me dit-il, y est plus douce la nuit. Sa voix me parvient en se faufilant laborieusement à travers des kilomètres d'air cotonneux.

6

Le soleil s'est levé tôt. Ses rayons valsent sur la mer. Splendeur des aubes qui réparent le corps rompu et harnachent la volonté pour d'autres horizons et d'autres marches! Quelle mémoire faut-il pour serrer côte à côte tant de couleurs emmêlées, tant d'odeurs vierges et poisseuses, tant de menus cris suspendus qui tissent l'air comme une toile d'araignée traversée de faisceaux lumineux? La terre est dure sous les pieds mais les collines entrevues au loin vacillent, prises de lumière comme d'un vertige sans fin. Nos haltes sont désormais régulières : la première vers onze heures, une autre vers quatre heures et une autre enfin pour la nuit.

Mon appétit est devenu insatiable : plusieurs fois par jour l'envie me prend d'implorer Rabah Ouali de nous arrêter pour prendre une bonne poignée de figues sèches dans nos musettes ou pour chaparder un fruit tentateur dans les vergers au bord de la route. Mais je sais qu'il faut marcher, car notre mission est solennelle et ne souffre pas de défaillance. Que vaut une insidieuse crampe d'estomac à côté de ces os que nous allons chercher, des os martyrs dont l'heureux maître gambade dans les jardins célestes? C'est le plus grand avantage des hommes morts au combat. Plus que ces chants périssables des femmes qui les diffusent seulement durant quelques années, plus que ces plaques coûteuses des cimetières, plus que les registres où leurs noms figurent, la récompense la plus profitable est celle dont ils jouissent dans l'au-delà. Tous. Sans exception aucune. Lorsque Dieu entreprend de récompenser ses fidèles il le fait sans parcimonie.

– Da Rabah, c'est quoi ce Paradis où les martyrs se retrouvent?

– Le Paradis, mon fils, c'est d'immenses boulevards rutilant de magnificence et de propreté. Les trottoirs en sont jonchés de crêpes gigantesques imbibées de miel d'abeille. Les pommiers ploient sous la charge; un seul fruit suffit à remplir tes deux mains. La pastèque éclate sous la poussée du jus et coule en ruisseau sous les pieds. Les perdrix du Paradis? la taille d'un dindon terrestre. Un seul geste, que dis-je? une seule pensée et voilà la volaille cuite dans la sauce de ton choix. Mais ce qu'il y a de plus imposant c'est sans doute les deux rivières parallèles, l'une de beurre et l'autre de miel, que ne tarissent ni les étés ni la fréquence des puisages.

Le Paradis de Da Rabah m'a donné encore plus faim. C'est un Paradis sur mesure pour ceux dont les entrailles vides gargouillent sans cesse. J'espère que mon strapontin y est réservé dès à présent.

– Et le Bon Dieu est si généreux pour envoyer se prélasser au Paradis tant d'hommes tombés au combat?

– Le Bon Dieu est d'une mansuétude que rien ne peut

lasser ou entamer. Son cœur est aussi vaste que l'étendue des continents. Son apparence n'a rien qui en impose. C'est un vénérable grand-père à la barbe kilométrique qu'il laisse parfois traîner dans les cieux comme un nuage immaculé. Il est sans ascendants et sans descendants, sans âge et sans haine. Et ce qui le fait perdurer au trône des Univers c'est sa grande patience et sa capacité à pardonner les actions les plus noires. Chacun de nous, comme tu le sais, a deux anges qui l'accompagnent partout, tenant chacun un registre : un ange à l'épaule droite pour consigner les bonnes actions, un autre à l'épaule gauche pour rendre compte des méfaits. Dieu les convoque périodiquement pour entendre leurs dépositions. Mais c'est toujours l'ange du bien qui fait le premier son rapport. Dieu, sans calepin et sans stylo, peut tout retenir dans sa tête – qu'Il se contente de dodeliner, avec un sourire discret que lui arrache de temps à autre l'évocation d'une action trop éclatante. Mais, quand vient le tour du deuxième ange, le bon vieillard est déjà fatigué. Il écoute d'une oreille distraite sinon absente, piquant parfois un somme volontaire – ce qui fait qu'Il passe aux hommes une bonne part de leur crasse.

Rabah Ouali n'est pas toujours bavard. Mais les jours où il délie sa verve et sa loquacité, les heures et les distances défilent à une allure incroyable. La première halte, celle de onze heures, nous tombe dessus à l'improviste alors que mes jambes s'attendent à déployer encore d'interminables kilomètres.

Parfois nous rencontrons d'autres convois chercheurs comme nous de squelettes. Certains sont importants, d'autres composés simplement d'un homme et de sa monture. Nous faisons un bout de chemin ensemble et parlons surtout de l'inhumanité des temps qui viennent de passer, de cette guerre sans rémission qui n'a épargné ni jeunes ni vieux et qui a même accroché maints animaux à son palmarès meurtrier. « Même les chiens et les ânes n'ont pas pu échapper à leur cruauté », répétaient invariablement nos compagnons de hasard. Puis nous nous séparons dans la chaleur accablante qui sabre l'air à coups rapides et brouille le chemin devant nous.

Mais, depuis que la mer nous accompagne, la canicule s'est comme dissoute, happée par l'immense ventre bleu. Une brise caressante passe sur nos visages. Elle apporte une odeur envahissante et hybride où se mêlent des sèves d'arbres, une putréfaction de sous-bois, une multitude de bêtes marines, un goût de départ sans retour.

La brise invite à marcher indéfiniment. Et c'est ce que, en vérité, j'aurais aimé faire. Marcher pour marcher. Avec le bruit des vagues à mes côtés et devant moi une aube sans fin, blanche comme l'écume en colère. Sans, au bout de la halte dernière, aucune perspective de squelette ou de retour vers le village. Car la pensée du squelette fraternel me pèse comme une charge d'épines sur le dos. Qu'est-ce que ce sera lorsque nous l'aurons réellement avec nous, compagnon silencieux mais excédant? J'essaie souvent d'oublier. Je m'ingénie à me convaincre que nous nous acheminons vers quelque ville à visiter ou quelque parent oublié depuis des décennies. Mais toujours une écharde de ma charge de peine vient me rappeler à l'ordre en me reprochant sans ménagement nos tristes desseins de charognards.

Pourquoi tient-on à déterrer à tout prix ces morts glorieux et les changer de sépulture? Veut-on s'assurer qu'ils sont bien morts et qu'ils ne viendront plus jamais exiger leur part de la fête et contester nos discours et nos démonstrations patriotiques, notre bonheur de rescapés d'une guerre pourtant aveugle et sans merci? Ou alors, tient-on, tout simplement, à ce qu'ils soient enterrés plus profondément que tous les autres morts? Allez donc comprendre les hommes! Ils pleurent des êtres qu'ils prétendent plus chers que tout au monde puis s'empressent de déterrer leurs restes pour les enfouir plus hermétiquement.

Les cigales nous accompagnent sans défaillance. Leur chant s'élève dès le matin, s'amplifie à mesure que la chaleur monte. C'est un chant aussi pesant que le poids d'une pierre tombale. Lorsque nous accomplissons notre halte de quatre heures il commence à décliner légèrement. Puis, peu à peu, d'autres insectes et d'autres bêtes prennent possession de l'air qui fraîchit. Sauterelles, criquets, lézards et geckos entament la nuit de leurs cris en trémolo. Cris de louange à l'obscur et au dieu des viscosités, cris d'amour fougueux et impatient, cris d'appréhension ou d'effroi, cris de joie féroce sur le corps de la proie capturée.

La nuit vit encore plus intensément que le jour. Son épiderme se soulève et se hérisse sous les lèvres troublantes de la brise; il libère par vagues ondulantes des senteurs douces ou âcres. Comme une femelle vaincue et possédée qui ne contrôle plus ses émanations. Au début, les nuits passées dehors me faisaient peur. Je me retournais sans arrêt, retenant mon souffle, glacé d'effroi au moindre chuintement dans l'herbe. Mais j'ai fini par m'habituer. J'ai appris que la nuit en fait ne recèle pas d'ennemis et que tant de souffles discrets ou de bruits sont au contraire souvent l'expression d'une vigilance bien intentionnée, une sorte de rappel régulier pour signifier que tout est pour le mieux, que tout danger éventuel sera neutralisé. J'ai appris donc à dormir dans la familiarité caressante de tant de petites vies qui battent fiévreusement en attendant que le soleil vienne les tranquilliser et leur permettre de dormir à leur tour. Je me laisse bercer par les plaintes d'amour, les rumeurs de l'affût et, la fatigue aidant, mes yeux se ferment très vite et je dors d'une seule traite.

Les bruits de l'aube affairée sont les plus beaux à écouter. Parcelles gélives du ciel qui vibrent. Et l'oiseau matinal et magicien! Je sais discerner chaque chant qui fuse. Alouette, fauvette, merle ou rouge-queue. Mais la voix qui me fascine est celle des rolliers qui monte puis descend en plainte déchirante. Elle meurt dans une tristesse infinie puis remonte à nouveau.

Compagnons réconfortants des itinéraires poussiéreux, de quelle note d'azur et d'élégance vous avez rehaussé nos pérégrinations de prédateurs! J'ai une histoire très longue avec les bêtes à plumes. Des nids découverts avec leurs œufs puis suivis dans l'ascension triomphale de la vie depuis des morceaux de chair aveugles qui s'ébattent en gémissant jusqu'à l'oiselet élégant et chanteur qui éprouve ses ailes indécises. J'ai tenu tant d'oiseaux dans mes mains condescendantes ou ravageuses. Plumes chaudes ou frissonnantes où palpite la forge du cœur.

D'autres oiseaux nous suivent continuellement. Oiseaux

de proie dolents qui se placent haut dans le ciel où ils tiennent une garde vigilante. Leurs ombres amplifiées font de grandes taches sur la terre. Ces oiseaux sont nos compagnons les plus assidus. Ont-ils compris que nos desseins mutuels recèlent une évidente similitude?

7

Le sujet préféré et inépuisable des habitants de ce pays c'est la bouffe.

Depuis que nous sommes devenus souverains et que nous mangeons à notre faim, beaucoup de personnes ont acquis des comportements imprévisibles et déroutants. Elles ont cessé de se rendre visite entre elles, de se prêter le moindre ustensile ménager – tout en renonçant du même coup à entourer leurs actes et leurs biens de la discrétion la plus élémentaire. Jadis les traditions d'honneur et de bon voisinage exigeaient que l'on partageât toute denrée rare (viande, fruits) avec ses proches et son voisin ou alors de la rentrer chez soi avec de telles précautions que personne ne pût en déceler le moindre indice. Maintenant, au contraire, c'est l'arrogance, la provocation. C'est à qui entassera le plus de déchets devant sa porte, c'est à qui pendra à ses fenêtres le plus de choses coûteuses et tentantes. Les gens possèdent désormais des biens et des objets dont ils ne pouvaient même pas rêver jadis : appareils tout en brillances et en angles droits qui servent à faire de la musique, du froid, de la chaleur, de la lumière, de la pénombre, du vent, de l'équilibre stable et instable, des images fixes ou mouvantes.

Mais la grande affaire demeure la bouffe. Sa variété inconnue jusque-là avait d'abord surpris et désorienté en posant d'insolubles dilemmes. On peut donc consommer trois mets à la fois? Mais par lequel commencer? Et si l'on se gave du premier jusqu'à la gorge, comment agir à l'endroit des deux autres? A l'intérieur même des familles cette soudaine et excédante abondance fit naître d'inénarrables conflits. Les déclencheuses habituelles en sont les vieilles belles-mères édentées (elles se disent : « Maintenant que nous n'avons plus avec quoi mastiquer voilà que le Dieu injuste déverse ses biens sur nous ») qui ne peuvent pas supporter de voir leurs brus manger à leur faim. Cela leur paraît un non-sens, un affront sans précédent. Elles ne s'étaient donc privées durant leur jeunesse, même de figues sèches et de ce couscous noirâtre de seigle qui racle la gorge, que pour voir en leurs vieux jours de jeunes femmes fainéantes et effrontées s'alimenter comme des bêtes de foire? A présent qu'elles-mêmes ont perdu et la denture et l'appétit, la vie cesse de tourner le dos aux créatures de Dieu. Non, les temps sont trop injustes et trop ingrats. Les saints tutélaires eux-mêmes, avec leur sens aigu du châtiment et de la juste mesure, se seraient-ils assoupis, vaincus par l'opulence insultante et la superbe des temps nouveaux?

C'est Chérif Oumeziane, un véritable obsédé de l'estomac, parti comme nous chercher les os de son frère, qui nous apprend la nouvelle : à l'endroit dit La-Source-de-la-Vache doit avoir lieu demain une importante *zerda*. Un micro installé au minaret de la mosquée d'Anezrou n'a pas cessé de le clamer durant toute une matinée. Lui-même devait aller plus au sud mais il a tenu à faire ce crochet (pour des raisons exclusivement pieuses, a-t-il tenu à nous préciser) avant de reprendre son chemin. Il s'est mis à donner maintes explications sur ce lieu sacré, sur la sainte dépouille qui y repose et sur l'élu non moins saint qui aujourd'hui veille avec perspicacité sur tout ce bien spirituel. Ni Rabah Ouali ni moi ne l'avons interrompu, car il est plus sourd qu'une souche de vigne, et lorsque quelqu'un esquisse un mouvement des lèvres en sa présence il affiche un tel désarroi et une telle tension, il fait des efforts si tenaces et si douloureux pour comprendre que les gens qui le connaissent bien ont pris le parti de rester complètement silencieux devant lui.

– La viande est devenue de nos jours un aliment courant. Et savez-vous? la manière de la préparer aussi s'est diversifiée. Il n'est plus question de la laisser mijoter tout simplement dans une sauce épaisse de pois chiches! On a découvert maintes décoctions odorantes aussi déroutantes les unes que les autres. Si je vous en dis quelques-unes vous allez plier de rire jusqu'à la fin de vos jours. C'est une véritable armée d'herbes, d'huiles, de légumes et même de sucreries qui vient soutenir ces sauces étranges. Oui, évidemment, ce n'est pas encore la fin du monde, car on te fait toujours quelque part un de ces couscous compacts où l'on peut creuser de belles rigoles en laissant couler l'huile d'olive.

« Sept bœufs adultes attendent demain les pèlerins.

Oui, donnez, donnez de cette belle viande solide et grasse d'où le jus coule comme du beurre fondu sous la morsure. J'ai vu cela dans le temps. Mais en simple spectateur. C'étaient trois hommes vigoureux à qui leurs barbes drues conféraient des allures de patriarches. Ils avaient un petit âne au ventre ballonnant qui pliait sous une charge mystérieuse soigneusement cachée par des couvertures sales. Chacun d'eux était, malgré la saison qui, autant qu'il m'en souvienne, devait être le printemps ou l'été, emmitouflé dans un ample burnous terni. Chaque capuchon était tiré en arrière par le poids d'un livre saint aux angles racornis, d'un encrier et d'une botte de plumes faites d'un roseau taillé et fendu à l'extrémité. La couleur des vêtements donnait l'impression que les hommes avaient passé leur vie entière devant un âtre avec sur eux une pluie de suie.

« Les trois voyageurs étaient très volubiles et entrecoupaient constamment leurs palabres par des phrases dites dans une langue que je ne comprenais pas. Les villageois les ont vite entourés avec des mines très humbles d'élèves écoutant religieusement un maître prestigieux. Les trois hommes avaient à maintes reprises sorti leurs encriers du capuchon pour griffonner de mystérieuses ordonnances illisibles sur du papier quadrillé et jaunâtre. J'avais vite compris qu'ils connaissaient les secrets de notre vie, savaient la raison de chaque fait et de chaque chose, pouvaient guérir toutes sortes de maladies, celles qui sont apparentes et celles qui sont cachées.

« Ils n'avaient même pas eu besoin de signifier qu'ils avaient faim. Dès que le soleil commença à se rapprocher du zénith, un chevreau fut en un tournemain immolé, dépecé et apprêté dans une sauce aux lentilles. Je crois que c'était Ferhat Akli, le plus miséreux du village et sans doute aussi le plus pieux, qui avait consenti cette dépense. On n'avait enlevé que les tripes et les abats pour les cuisinières et les enfants de la maison. Même la tête et les quatre pattes avaient accompagné le reste de la bête à la djemaâ où les trois étrangers, que je me mis à haïr avec une force obscure mais profonde, avaient perdu leur faconde, attendant dans un silence nerveux, l'attention tendue à se rompre vers le plat de couscous et le chevreau qui arrivaient trop lentement vers leurs mâchoires de carnassiers. Quand on posa le large plat devant eux, ils commencèrent par protester pour la forme mais leurs doigts rapaces avaient déjà accroché entre leurs serres de grands morceaux de viande.

« Nous les regardions manger, silencieux. On n'entendait que le bruit sournois des mastications serrées. Au bout de quelques minutes une impression d'intenable indécence se mit à planer sur tout cela, et les grandes personnes intervinrent pour nous chasser. Les enfants se dispersèrent, honteux et révoltés, sans même essayer de protester comme à chaque fois qu'on les prive d'un spectacle dont ils s'estiment en droit de jouir. Mais moi je trouvai une petite cachette derrière un mur ébréché et je me mis à épier les étrangers.

« Ils mangeaient sans se parler, presque sans se regarder. Seuls sortaient de leurs gorges, en se faufilant à travers les mottes de couscous et de viande, des soupirs et des grognements. Des filets de sueur descendaient de leurs fronts sur les yeux. Les hommes s'arrêtaient parfois de manger, essuyaient leurs mains graisseuses sur leurs burnous déjà amplement crasseux et s'offraient une rasade d'eau fraîche.

« Cette lutte ardue avec le plat dura une bonne demi-heure puis, après une formule glorifiant le Dieu généreux des mets carnés prononcée à voix très haute, les trois guerriers déposèrent en même temps leurs cuillers, s'essuyèrent les mains à leurs barbes fournies, les y maintinrent un moment tout en marmonnant des bénédictions à l'adresse de la personne pieuse et bienfaitrice qui venait de régaler si royalement des errants jetés sur les chemins par l'amour de la parole sacrée.

« L'image de ce repas effarant m'a hanté durant plusieurs jours. Je venais de donner une corpulence et un visage à ces ogres dont parlent les contes. Et aujourd'hui encore, chaque fois que j'assiste à une débauche alimentaire, je pense à ces monstres cachés sous des burnous repoussants dont je me plaisais à imaginer qu'ils devaient dévorer leur bourricot en cours de route juste après avoir quitté notre village. D'ailleurs ces ogres n'ont pas complètement disparu; ils ont, certes, lavé et parfumé leurs barbes, ils portent des burnous plus blancs et plus fins. Je suis convaincu qu'on en trouvera une bonne dizaine autour des plats qui demain vont circuler à la *zerda* entre les pèlerins de La-Source-de-la-Vache. »

8

Le saint tutélaire – Sidi Maâchou ben Bouziane, que son nom soit glorifié jusqu'à la fin des temps – n'exauce qu'un seul vœu à la fois. Les pauvres hères demandent un bon rendement de fèves ou d'orge dans leurs parcelles de terre ingrates; les couples stériles implorent un enfant mâle. Il faut croire que les miracles s'opèrent de manière infaillible, car il ne se passe pas une seule semaine sans qu'un pèlerin ne vienne, couvert à la fois de satisfaction et d'humilité, faire don d'un bouc ou d'un bélier au saint victorieux dans toute épreuve.

Les gens viennent de très loin, parfois à des journées de marche; il vient même des personnes qui ne parlent pas la langue d'ici mais une autre langue, plus prestigieuse parce que plus proche de la langue sainte.

Ceux qui viennent de loin ne restent pas pour une seule journée. Ils campent alentour de la kouba, munis de tout un attirail ménager, pendant deux jours ou trois. Ce sont des jours bénis où le saint lieu sort de sa grisaille et de sa léthargie pour vibrer d'interminables et emphatiques récitations religieuses. Tout le village revêt une allure neuve et dynamique. On a l'impression que les villageois redécouvrent leur ascendance spirituelle, le prestige de leurs racines et leur religiosité assoupie. Ceux qui, d'habitude, n'approchent jamais le saint lieu, viennent jeter des coups d'œil curieux et souvent finissent par se joindre aux pratiques pieuses. Des seaux pour les ablutions sortent de toutes les maisons, de vieux livres saints dont les pages miteuses n'avaient pas été tournées depuis des mois circulent de main en main.

Le sanctuaire du saint a pour nom La-Source-de-la-Vache. Car une source coule tout près de là. Quant à l'histoire de la vache, elle est connue de tous ces pèlerins dont certains ont consenti des journées de marche pour respirer l'air inaltérable et revigorant de la sainteté.

D'intraitables lascars étaient venus jadis, à une époque de grande disette, chiper une vache dans le troupeau du saint homme. L'animal dérobé fut sacrifié, dépecé et réparti en un nombre de tas de viande égal au nombre de maisons du village avant même que l'entourage du maître spirituel ne se rendît compte du vol. Tous les villageois se trouvaient ainsi impliqués dans cette affaire de triste mémoire. La faim avait vaincu la piété. Mais le soir, lorsque les montagnards se préparèrent à prendre ce dîner savoureux comme ils n'en avaient pas eu depuis des mois, aucune ménagère ne put retrouver, dans la marmite en terre cuite des grandes occasions, le chapelet de viande qu'elle y avait glissé. Les paysans passèrent la nuit dans les affres, à trembler dans l'attente d'un châtiment mémorable à l'image de cette secousse tellurique envoyée jadis à leurs ancêtres qui avaient accompli leur prière en retard. Le lendemain, la vache sacrifiée musardait paisiblement sur la place du village, en happant de temps à autre un brin de trèfle ou un chardon.

Les vaches, par leurs pouvoirs extraordinaires, avaient de tous temps fondé la renommée de l'éminente famille. Le grand-père du saint homme, non moins saint lui-même et qui possède son mausolée à une demi-journée de marche de La-Source-de-la-Vache, vit un jour arriver un élégant voyageur traînant en laisse un farouche lion de l'Atlas. Les villageois coururent se barricader chez eux. Le voyageur se présenta à la demeure de l'homme pieux, escomptant un grand effet grâce à la présence du fauve. Il demanda avec arrogance :

– Offrirez-vous le gîte à un hôte de Dieu?

– Bienvenue à tout croyant que la route nous amène. Ma maison est aussi la tienne.

– Où puis-je, votre Sainteté, attacher ce lion en attendant mon départ?

– Emmène-le à l'étable, mon fils. Il y a déjà une vache qui doit languir. Les deux bêtes se tiendront compagnie.

– Ai-je bien entendu? A l'étable, ô bienheureux détenteur des charismes? Mais j'ai bien peur pour la vache.

– Fais, mon fils. Les pouvoirs de Dieu sont sans limites. Lui seul peut décider du sort de ses créatures.

Durant la nuit les deux hommes, qui avaient veillé assez tard, devisèrent sur les faits et les choses de ce monde, l'arrogant étranger étalant avec ostentation sa science des choses apparentes et des choses cachées à l'œil. Ce fut le marabout qui se retrouva dans la posture de l'élève écoutant avec humilité et sans oser les interrompre les digressions d'un maître beau parleur. A aucun moment il n'osa le contredire. Lorsque les prémisses de l'aube se mirent à rosir le ciel, les deux hommes accomplirent côte à côte la première prière du jour puis l'hôte de passage se dirigea vers l'étable pour détacher son félin. Il ne trouva qu'une peau encore toute chaude. La vache avait dévoré le fauve.

L'humilité, voici le maître mot dans la vie de cet ancêtre qui déjà annonçait l'insondable piété de Sidi Maâchou ben Bouziane. Lorsque celui-ci était tout jeune encore, étudiant parmi d'autres dans la célèbre zaouia de Sidi Berkouk, la modestie de ses habits, la retenue de ses actions et la discrétion de son port le distinguaient déjà de ses condisciples. Un jour qu'un riche croyant avait fait don à la zaouia d'un énorme bœuf de cinq ans et que la totalité de la confrérie estudiantine avait refusé de toucher à la panse de la bête pour la vider et la nettoyer, Maâchou ben Bouziane sortit de la masse de ses condisciples, les manches retroussées, et se dirigea vers l'immense plat en bois de frêne où reposaient les entrailles et les abats. Le maître le regarda faire en silence puis, lorsque le jeune homme se releva, les mains souillées de chyme et d'excréments, il se tourna vers les condisciples dont plus d'un baissait déjà la tête et leur dit avec reproche mais sans colère :

– Il vous a tous possédés. C'est lui qui sera le Maître des Grandes Démonstrations.

Maâchou commença donc à se singulariser de ses compagnons, non pas par quelques bizarreries ou quelque comportement tapageur mais par une déférence et un effacement quasi totaux. Car le jeune homme se distinguait autant par sa rapidité à assimiler les versets sacrés que par sa volonté à toute épreuve et son esprit de sacrifice dans les besognes collectives.

Le jour où il quitta le zaouia, le jeune Maâchou ben Bouziane était déjà muni d'un prestige de savoir et de piété qui le précéda dans sa région natale. Rentré dans son village qui n'avait pas encore pour nom La-Source-de-la-Vache, il fut tout de suite entouré d'un grand respect par les paysans qui le désignèrent comme cheikh de la confrérie malgré son jeune âge. C'était au siècle où les Espagnols vinrent tenter des incursions sur les rivages du pays. Sidi Maâchou ben Bouziane ne prêcha pas la guerre sainte. Il se contentait chaque matin, après la prière de l'aube, de sortir du village, muni de sa canne et de se diriger vers la mer. Là il frappait des heures et des heures, dans un bouquet de lauriers-roses, jusqu'à ce que l'épuisement le jetât par terre, en nage et en larmes. Mais, au lieu de la sève amère, c'était du sang chaud qui en coulait. Quelques semaines plus tard, des crieurs publics passèrent dans les villages pour apprendre aux montagnards que les Espagnols venaient d'évacuer la dernière ville côtière.

9

Aujourd'hui encore huit bœufs dépecés sur la place plantée de frênes et d'eucalyptus espacés témoignent de la gloire inaltérable du saint. Les hommes s'affairent, les bras rouges de sang, et les guêpes vrombissent, détachant des bêtes dépecées des morceaux de viande aussi gros qu'elles.

La chaleur est couchée sur la terre comme une dalle inamovible. Le soleil aujourd'hui est vite arrivé au cœur bouillant du ciel et il s'est reposé là, insouciant du mal qu'il cause aux hommes qui, en bas, soufflent comme des bœufs accablés sous le joug.

Le bruit des guêpes en vol rythme seul la fournaise nichée dans le nombril de l'été. Il leur est facile de tromper la vigilance des hommes. Elles s'abattent en petits groupes de choc sur les montagnes de chair, sécateurs véloces et inlassables. Les hommes n'ont même pas la force de les chasser de leurs bras où elles viennent lécher le sang refroidi et les petites particules de viande pulvérisée. C'est peut-être qu'ils sont trop occupés, car les haches n'en finissent pas de s'abattre, les couteaux de taillader. Les gros os des jambes ou du cou ont été démantelés à leurs jointures, et les bœufs massifs, qui n'ont pu être terrassés que lorsque les villageois ont décidé de s'y mettre tous ensemble, ont été transformés en des tas presque égaux où il est devenu impossible de restituer à chaque bête sa tête et ses membres d'origine.

Les guêpes adhèrent à la viande en soulevant et abaissant leur abdomen de façon très indécente. Les enfants viennent rôder autour du carnage dans l'espoir d'obtenir une vessie qui serait vidée de son urine puis transformée en ballon de fortune. Beaucoup d'autres choses en fait attirent les gosses – en premier lieu cette atmosphère inhabituelle de fête fixée là en pleine somnolence de la canicule. C'est tellement beau et excitant ce rassemblement sur la place des vêtements blancs de fête et de la force qui terrasse les bœufs!

Maintenant que le soleil entame une lente retraite vers le couchant, une douceur incroyable est descendue sur le village. Les formes, les couleurs, devenues plus intimes, ont cessé de menacer de leur luisance ou de leur tranchant. Les hommes ont rentré les amas de viande et il ne reste sur la place que l'odeur écœurante du sang et des entrailles vidées ainsi que les évolutions devenues nonchalantes des guêpes et des mouches. Les villageois qui n'étaient pas de cette fête sanguinaire ont terminé leurs travaux aux champs ou leur sieste, et les dalles de la mosquée, les murs écroulés transformés en gradins commencent à se couvrir d'hommes et d'enfants. Quant aux femmes, elles se contentent de hasarder des regards insistants à l'abri d'un mur ou d'une clôture. Tout le monde attend les pèlerins.

Ils ne tardent pas en effet à se manifester. Les premiers sont venus des hameaux d'en haut, du côté du Ravin-de-l'Ombre. On a commencé à les apercevoir du village une bonne heure avant qu'ils n'arrivent. Les hommes viennent les premiers avec un drapeau de couleur unie – jaune ou orange, on distingue mal dans la lumière diluée de l'après-midi, puis les vieilles femmes suivent, amas informe de tissus coloriés. On entend au loin leurs chants que répercute en écho le ravin. Ils s'élèvent très haut, mourant parfois lorsqu'un obstacle naturel s'interpose entre eux et nous, puis émergent de nouveau à terrain découvert. Mais bientôt des chants fusent d'autres directions. Les pèlerins affluent de partout; on ne peut voir cependant que deux groupes. Ceux qui montent du côté de la rivière sont encore invisibles et leur progression vers le village n'est indiquée que par les voix qui s'amplifient de plus en plus.

Les premiers à arriver sont ceux qui étaient apparus du côté du Ravin-de-l'Ombre. Celui qui est en tête, avec son étendard orange, claudique plutôt qu'il ne marche; le poids de la hampe le fait parfois vaciller. Il accompagne cependant les autres dans leurs chants tandis que des rus de sueur coulent sur son front; ses joues et ses lèvres tremblent de nervosité.

Dès que les pèlerins pénètrent par l'entrée supérieure du village, Hand Moh Ouali, un des membres de la famille sainte, court à leur rencontre. Il se précipite vers le porte-drapeau, lui arrache la hampe des mains et, revenant dans le sens de la progression des pèlerins, en prenant la tête de la file, il se met à psalmodier et chanter avec eux, en dodelinant exagérément de la tête et en sautillant sur un pied puis sur un autre comme s'il marchait sur des braises. Son costume très archaïque et cette piété débordante créent avec son jeune âge une grande impression de ridicule. Malgré la solennité du moment, certaines personnes se retiennent difficilement de rire au vu de son immense turban et de ses gesticulations effrénées.

Lorsque le groupe des hommes est passé, les femmes suivent de leurs pas hésitants et maladroits comme un troupeau trop longtemps entravé et parqué à l'ombre puis livré soudain au grand jour, gêné par la lumière intense et le terrain de parcours offert à ses jambes déshabituées du mouvement.

Les derniers pèlerins ne tardent pas à arriver. Et, vers le coucher du soleil, tout le monde se rassemble, avec ses emblèmes, comme une nombreuse armée, sur l'aire dallée qui s'étend devant la porte du sanctuaire de Sidi Maâchou ben Bouziane. Le cheikh du village se met à distribuer sans parcimonie des formules de bénédiction rimées forgées de longue date et ressorties à chaque occasion importante. Puis les gens se dispersent quelques minutes pour se rassembler ensuite autour des plats de couscous. C'est l'un des moments-phares de la cérémonie car le rite de la bouffe est des plus importants et alimentera par la suite beaucoup de discussions. Les clercs chenus qui attendent pour faire résonner, tout à l'heure, l'autel de leurs cantiques et leurs transes misent beaucoup sur la nourriture – c'est la quantité et la qualité de celle-ci qui détermineront leur zèle de récitants ou de danseurs pieux. Ils n'ont pas besoin d'être légers pour sautiller, il leur faut au contraire la lourdeur digestive et la somnolence qui précipitent les gens dans une sorte d'état second où toute retenue, toute timidité et toute pudeur se diluent puis s'évaporent avec les gémissements extatiques qui montent des poitrines où coule du feu.

Avant le cycle des transes vient celui des dons pieux. Les gens, même les plus pauvres hères, sont immodérément généreux en ces occasions. C'est pourquoi le cheikh étale devant lui une immense natte de doum et, à ses côtés, trois couffins pour que le tas sur la natte affiche toujours le même volume discret. La teneur de la formule de bénédiction octroyée aux donateurs est proportionnelle à la somme consentie. Les riches de toujours que l'Indépendance du pays avait épargnés et les nouveaux notables enrichis par l'Indépendance viennent assurer et faire bénir leurs biens.

Le premier donateur qui s'avance près du cercle des dévots jette sur la natte un billet neuf de 5 000. Les vieux notables joignent les mains pour commencer à bénir mais, autoritairement, il leur intime silence :

– Ceci n'est qu'un préambule, dit-il, vous aurez tout le temps pour implorer et, jetant un deuxième billet :

– Bénissez mes commerces.

– Que vos magasins prolifèrent comme les champignons en automne et que leurs tiroirs innombrables accueillent la manne financière comme les alvéoles le miel des abeilles industrieuses.

– Bénissez mes terrains, dit-il, en jetant un autre billet.

– Que Dieu magnanime recule sans cesse les bornes qui délimitent vos terres où pousseront en bon voisinage le fruit juteux et l'immeuble vertigineux.

– Bénissez mes voitures. Et un quatrième billet tombe sur la natte.

– Que la rouille, la panne, l'accident et tout ce qui entrave la circulation s'éloignent à grands pas de vos véhicules.

– Bénissez, dit-il pour terminer et un dernier billet vole dans l'air, mes enfants.

– Que votre progéniture soit de la race de ceux qui dominent et jouisse en toute quiétude des biens actuels et à venir dont Dieu clairvoyant couronne vos efforts méritoires.

D'autres donateurs passent, faisant bénir et mettre à l'abri du mauvais œil qui sa compagnie de transports, qui ses enfants bien portants, qui ses vaches maigres ou ses bœufs gras. Et ce n'est qu'après la chute sur la natte vorace du dernier billet que d'autres groupes se forment en cercles et psalmodient tout d'abord à voix très basse, puis la rumeur trouve un ton uni et s'élève, déchirante, irrépressible dans l'obscurité.

Dans la vaste cour de l'autel, la transe gronde comme un orage dans la poitrine des fidèles. Les récitations saintes s'accompagnent de temps à autre d'un gémissement profond et modulé, d'un grognement incontrôlé. Des têtes, des bustes entiers s'agitent déjà imperceptiblement. Puis un homme se soulève à moitié, indécis, tremblant sur ses jambes comme un malade. Mais il se ravise et se rassoit. Les récitations continuent, avec un débit plus précipité. Et brusquement quelqu'un bondit au milieu du cercle avec un cri de bête blessée. Il s'agite de droite à gauche de manière désordonnée. Ses yeux sont à moitié clos et le blanc, luisant étrangement sous la lumière des quinquets, exprime un abandon total. Tout à coup il projette son corps entier d'un seul côté et lance avec la voix tremblotante et douloureuse d'un bouc en rut :

– Ô vigueur de ma jeunesse, quel vent t'a dispersée dans les montagnes!

Son visage se tord de désirs incohérents, ses muscles faciaux mènent une lutte sans merci contre un invisible démon. D'autres hommes se lèvent, et l'espace aménagé entre les récitants se remplit soudain de gesticulations, de soupirs et d'ahans. Je regarde les formes qui commencent à se diluer dans la lumière des quinquets et à ressembler à ces ombres diaboliques et torturées que les flammes d'un feu de bois projettent sur les murs certains hivers dans notre maison. De petits insectes de plomb viennent se poser en nombre sur mes yeux.

*

Étrange. C'est le silence qui m'a réveillé. Tant que les bruits et les danses avaient duré, ils avaient alimenté en moi un rêve tumultueux et fantastique. Puis mon rêve est devenu comme un objet sans support qui s'est maintenu, aérien, pendant quelques secondes avant de se briser en tombant lourdement. Je regarde autour de moi. Il fait encore très sombre; dans le ciel antimoine la lune est un écu bien blanc. Les cercles des récitants et des danseurs se sont rompus. Et quelque chose me frappe alors. En pleine nuit les vieux dévots sont en train de s'empiffrer de couscous et de viande. Une grosse écuelle de sauce très rouge circule entre les plats de bois. Les vieux mangent en silence, transformés en bêtes diligentes et aphones. On a l'impression qu'ils font ici une provision de nourriture pour toute la semaine. Peut-être qu'avec l'âge ils ont acquis des vertus de ruminants, faisant appel les jours trop maigres aux aliments entassés dans leurs panses.

Tournant le regard, je vois Rabah Ouali un peu en retrait des vieux ogres aux burnous impeccables. Lui aussi prend part à cette frénésie de la cuiller parmi des pèlerins moins distingués qui ne sont pas admis au socle prestigieux des notoriétés pieuses. Leur plat est posé à même le sol au lieu qu'il le soit sur une natte de doum comme pour les premiers. Tout ensommeillé encore, je m'approche de mon compagnon. En me voyant il me fait un signe puis me dit :

– Je t'ai cherché. Où es-tu passé? Viens manger pour prendre des forces; nous allons nous remettre en route tout de suite.

L'aube n'est pas encore levée. Je regarde le couscous froid que la sauce rouge scelle en blocs compacts. Cette vision me donne envie de vomir. J'avise un arbre tout à côté et m'y adosse pour dormir quelques minutes de plus. Mais Rabah Ouali ne tarde pas à me réveiller.

Le soleil installe ses feux sur les collines. Nous reprenons notre route vers d'autres chaleurs et d'autres transes. Les os de mon frère nous attendent comme un trésor, enfouis parmi d'autres cadavres héroïques sur lesquels pullulent les oraisons et les louanges comme les vers que la charogne attire.

II

1

Mon frère a d'abord été un vivant tenace dans une existence pourtant plus qu'ingrate. Il a commencé à vivre, pour moi, il y a très longtemps, un jour d'hiver enneigé. J'avais sûrement quatre ans. Mais les choses ont tellement changé en dix ans que j'ai aujourd'hui peine à croire que ce qui se passait en ces temps-là s'est réellement passé. Désormais le nid d'opuntias qui dissimulait le village n'existe plus, les gens mangent à leur faim et des avions minuscules, oiseaux ramassés comme des pelotes, passent très haut dans le ciel avec des traînées parallèles de vapeur blanche.

C'était donc un jour enneigé. Les oiseaux tombaient du ciel et restaient là, les pattes en l'air, figés comme des pierres duveteuses. Nous possédions un maigre troupeau de cinq bêtes caprines dont l'ancêtre génitrice, une vieille chèvre noire et borgne, arrivait à peine à marcher. Mais nous la gardions encore précieusement eu égard à la belle progéniture qu'elle nous avait donnée et à son lait toujours abondant.

Ce fut pour moi un grand jour car je fus autorisé,

malgré le froid intense, à accompagner mon frère aux pacages (les journées précédentes, je me rappelle les avoir passées, l'âme meurtrie d'ennui, à traîner mes pieds nus dans les rigoles qui sillonnaient le village). Nous sommes un peuple où la vie active débute très tôt : berger à quatre ou cinq ans, laboureur à treize, père de famille à dix-sept ou dix-huit. A l'âge de trente-cinq ans on cesse d'aller la tête découverte et de porter des pantalons « européens » : on arbore un chèche et les vêtements amples du pays. On passe dans le camp des hommes qui n'attendent plus rien de la vie, qui peinent durant la journée aux champs pour, le soir, aller discuter à la mosquée avec les vieillards avant la prière commune.

Ce fut une journée bien particulière qu'aucune autre ne devait rappeler par la suite. La neige par endroits était dure comme le schiste mais le ciel était d'un bleu impeccable où le soleil voguait, pareil à une vaste pièce d'or. Ce fut par cette journée magnifique où toutes les choses prenaient au regard des dimensions invraisemblables que je découvris les forêts et les collines des pâturages, que je connus la mort des oiseaux trop délicats.

Le monde était un miroir givré sur lequel ricochaient des lames de lumière. De rares oiseaux essayaient des notes apeurées sur le sommet des chênes et des peupliers, fantômes sombres sculptés sur la neige. Nos chèvres, obligées par le mauvais temps à rester à la maison durant des jours, se précipitaient en ruées irrépressibles sur les buissons qui bordaient le chemin. Mon frère avait un petit collier de pièges à oiseaux enfilés à son avant-bras. Arrivé dans les pâturages, il réussit sans peine à dénicher de la terre meuble au pied des arbres et sous les buissons pour recouvrir les pièges. Les buissons étaient pétrifiés par le givre et le soleil les traversait en faisant des flaques de lumière à l'intérieur.

C'était la première fois que je passais une journée de « travail » avec mon frère. Et c'était sans doute une journée où il se surpassa particulièrement car j'eus de la peine à reconnaître le berger amorphe et distrait dans ce jeune homme actif qui s'affairait en sifflotant de son troupeau à ses pièges. Ses pieds, entourés de chiffons et chaussés de peau de bœuf, étaient d'une agilité surprenante.

Le premier oiseau qui vint donner dans les pièges était un rouge-gorge malingre et ébouriffé. Mon frère, le tenant par les deux pattes comme s'il s'était agi d'une grosse prise, vint me le montrer avec un certain dépit (je ne sais pourquoi, je n'étais pas admis à inspecter les pièges avec lui). Mais il n'était pas découragé pour autant.

– Attends, me dit-il, ce sera bientôt le tour des grives et des merles. Les pièges, c'est toujours comme ça. Cela commence par le menu fretin comme pour une simple mise en train, puis les grosses pièces se mettent à affluer.

Comme les grosses pièces et même les pièces moins grosses n'étaient pas trop pressées de s'annoncer, mon frère prit le parti de plumer le rouge-gorge qui avait eu le temps de refroidir et ne livrait ses plumes que lorsque la peau venait avec.

– Tu sais, me confie-t-il, dans la vie tout devrait être affaire de patience. Mais, malheureusement, il faut toujours se grouiller si on ne veut pas se laisser semer. C'est pourquoi les patients, qui sont pourtant les plus méritants des hommes, ne sont presque jamais récompensés. Comme on dit, la fortune passe de bon matin et malheur à qui n'est pas tôt levé. Qu'est-ce qui te préoccupe le plus quand tu commences à faire quelque chose, toi?

Je lui répondis sans réfléchir, mais je fus tout de suite conscient et extrêmement enorgueilli de la portée et de la gravité de ma réponse :

– J'ai peur de mourir avant de l'avoir terminée.

Mon frère resta quelques secondes bouche bée puis il s'approcha encore plus de moi et me caressa la tête – geste de tendresse incontrôlée tout à fait inhabituelle.

– C'est exactement cela, finit-il par prononcer d'une voix très douce. Figure-toi que j'ai un projet qui me préoccupe beaucoup. Et chaque soir, avant de m'endormir, je me mets à trembler de peur de ne pouvoir le mener à terme. Tu sais, il n'y a rien de plus vulnérable qu'un être humain. Est-on jamais sûr de se réveiller le lendemain chaque fois qu'on se glisse dans sa literie? Un accident est vite arrivé. Un drap qui s'enroule autour de ta tête et t'empêche de respirer, un pan de mur qui s'écroule dans la nuit, un serpent qui se faufile dans ta couchette, et adieu le soleil et le pain! Mon projet n'est pas des plus faciles à réaliser, mais ce n'est pas sa dureté qui me fait peur, c'est plutôt la pensée d'un de ces accidents qui viennent mettre bêtement et injustement un terme à notre vie.

« Tu ne le sais sans doute pas encore, mais il n'y a rien de plus harassant et de plus désespérant que de cultiver cette foutue terre rocailleuse de chez nous. Quand le soc de la charrue vient à buter contre une pierre en profondeur, tu sens ton poignet se briser et ton cœur faire un saut jusqu'à ta gorge. Quels moments de supplice que ceux où je tiens le manche des heures et des heures pour sillonner ces terres en pente où les bœufs s'accrochent par je ne sais quel instinct ou miracle. Au bout de quelque temps, le vertige et la nausée s'agrippent à ma tête et à mon estomac, des étoiles multicolores dansent devant mes yeux et un froid désagréable se met à racler l'intérieur de ma poitrine. Mais il faut quand même continuer jusqu'au soir et le lendemain encore et le surlendemain. C'est la seule perspective qui me fait alors voir d'un bon œil ces accidents de la nuit qui viennent abréger notre part de pain sur terre. Lorsqu'une vie est synonyme de tant de peines n'est-il pas plus raisonnable d'y mettre fin? Dieu fait parfois les choses avec équité.

« Mais moi j'ai décidé – il ne faut le répéter à personne, car cela va me causer des ennuis, et c'est ce que tu as dit tout à l'heure qui m'incite à te révéler tout cela –, j'ai décidé, te dis-je, d'acheter l'une de ces machines qui se déplacent seules tout en cultivant la terre derrière elles. Il suffit de s'asseoir tout en haut sur un siège confortable et de la laisser faire. J'en ai vu quelques-unes en passant un jour près de la ferme des occupants étrangers. Depuis, l'idée d'en avoir une me hante. Tu vois un peu ce que cela va représenter pour notre maison, pour le bien-être de nous tous? Je n'ai pas encore demandé le prix de ces machines, mais je suis décidé à en posséder une. Alors je planifie dès maintenant : accroissement du troupeau de chèvres afin de vendre beaucoup de boucs, ensuite il faut que je parte en émigration où l'argent, paraît-il, se gagne sans grande peine. Tout est déjà organisé dans ma tête. Je suis maintenant en train de préparer la meilleure manière de parler de cela à notre père. Il ne faut pas que le courage me manque ou que mes paroles tombent sans peser ni convaincre. C'est pour cela que j'attends encore. Posséder une de ces machines vaut de courir tous les risques. »

2

Un jour mon frère m'emmena voir les camions.

Le village vivait ses heures les plus insensées et les plus bouleversantes. Chaque matin apportait sa part d'invraisemblance. Personne ne pouvait désormais mettre sa quiétude à l'abri des changements. Même pas les plus âgés et les plus avisés. Certains villageois étaient convaincus que nous vivions les prémisses de la fin du monde – surtout depuis ce matin où Mohand-Oukaci revint d'un de ses voyages avec un petit coffret tout en métal et en bois fin d'où sortaient des paroles et des chansons. Il alluma le prodige sans crier gare devant les villageois attroupés.

« Une tête de personne est cachée à l'intérieur », tenta d'expliquer le plus éclairé des bergers. Mais tout le monde dut reconnaître l'ineptie d'une telle assertion au vu des dimensions de la boîte. Cependant, au bout de quelques jours d'écoute assidue, les villageois décrétèrent presque unanimement que ce nouveau bruitage dans leur vie, loin de constituer un signe avant-coureur du prochain déluge, était au contraire un agrément indéniable. Des chansons et des anecdotes furent apprises par cœur, et il n'était pas rare d'entendre les plus sages renchérir lors d'une discussion : « Comme a dit la radio ce matin... » Évidemment, ils se reprenaient très vite, honteux d'avoir avoué des penchants aussi frivoles.

Ce qui nous subjuguait par-dessus tout, nous les enfants, c'étaient les véhicules qui commençaient à se hasarder jusque chez nous. La route creusée à travers monts était à peine terminée que nous entendîmes les premiers vrombissements. Quel spectacle et quelles sensations le jour où nous vîmes arriver l'un derrière l'autre trois grands camions bâchés qui se mirent à klaxonner à l'approche du village! Tout le monde était dehors et nous pûmes suivre, muets d'émotion, la progression des engins vers le village. La route carrossable ne le traversait pas mais passait légèrement en contrebas, là où le terrain était plus plat. Lorsque les véhicules arrivèrent à la hauteur des premières habitations, ils s'arrêtèrent et il en sortit des hommes bien habillés, parlant une langue que nous ne comprenions pas.

C'était donc vrai, ces changements les plus invraisemblables dont les nouvelles se colportaient depuis des mois! Les gens étaient là, sidérés et désemparés, considérant d'un côté ces machines diaboliques et de l'autre toutes ces choses familières qui ne tarderaient pas à changer d'apparence et à devenir étrangères pour eux. Un vent de mutation et de dépaysement soufflait sur la contrée, déracinant toutes les choses bien assises, apposant sur tout ce qu'il touchait un sceau d'étrangeté. La perception bien arrimée qu'on avait des sons, des images, des distances, du mouvement fut complètement ébranlée dans l'esprit des gens. Ceux-ci admirent désormais qu'ils pouvaient très bien se réveiller le lendemain avec une queue dépassant le bord inférieur de la gandoura ou encore voir le soleil se lever à son couchant.

La nuit du premier jour où arrivèrent les camions, les hommes restèrent tard à veiller à la djemaâ. Un silence gêné avait plané durant tout l'après-midi sur l'assemblée des villageois. Personne n'osait prendre la parole, car d'un côté on ne pouvait pas parler en éludant de si grands événements et, de l'autre, il n'était pas facile de se prononcer sur la portée et l'avenir de tels changements. Pouvait-on désormais émettre un avis que le lendemain ne démentît? Mais avec la tombée du crépuscule puis de la pénombre de la nuit, les gens se laissèrent aller à la discussion, d'abord sur un ton de confidence puis avec de plus en plus d'assurance dans leur jugement. Le cheikh du village, un homme encore dans la force de l'âge mais que son gros ventre handicapait davantage que les vieux et les infirmes, parla longuement d'un homme remarquable, ascète, imam et poète, qui avait prévu tous les bouleversements que nous vivions et d'autres, encore plus époustouflants, que nous vivrions bientôt. Les mots gargouillaient d'abord dans son gosier avant de trouver l'issue des lèvres d'où ils jaillissaient en un essoufflement graisseux. Il appuyait ses dires par la récitation des vers que le saint homme avait composés sur le sujet. La plupart des vers désignaient les humains devenus impies comme les responsables de cette affligeante réalité. Le cheikh s'arrêtait de parler en soufflant bruyamment. Il était si énorme et si gras que plus de la moitié des maisons au village lui étaient inaccessibles à cause des dimensions des portes. Lorsqu'un déplacement s'imposait à lui, une seule monture pouvait le tolérer sur son dos : un mulet albinos et bigle qui était d'une passivité incroyable et laissait tous les ânes de la région l'enfourcher.

Les camions ne revinrent ni le lendemain ni les jours suivants mais le souvenir de leur passage continua de hanter les esprits. Un jour que mon frère et moi gardions les chèvres près de la route carrossable, nous entendîmes un bruit de moteur au loin. Mon frère m'entraîna aussitôt à l'intérieur d'une sorte de grotte au milieu des chênes-lièges. « Tous les camions, m'expliqua-t-il, ne sont pas comme ceux qui se sont arrêtés chez nous. Il y en a qui transportent des hommes armés qui tirent sur tout ce qui se présente à eux. »

Mon frère ne me fit pas peur, il ne réussit qu'à ranimer en moi une vieille envie qui s'assoupissait parfois pour renaître plus impérieuse : j'ai toujours rêvé de posséder une arme pour pouvoir tirer sur les oiseaux et les lapins. Ahmed, Tayeb et moi-même avions passé des jours et des jours de recherche et de travail acharné pour arriver à quelque chose de semblable, mais ce que nous réussîmes à fabriquer : arbalète, branche rectiligne de bouleau évidée de sa moelle et transformée en arme à pression, ne nous satisfit point. Ce qui est métallique seul nous envoûtait. Nous rêvions en fait de beaucoup d'objets dont la substance est à base de métal : engins qui tirent des balles, machines qui roulent ou qui volent. Nous passions notre temps à écumer les dépotoirs où d'innombrables découvertes aiguisaient nos désirs de création et d'évasion. Un jour nous découvrîmes un vélo tout rouillé auquel ne manquaient que les roues, la selle, la chaîne et le guidon. Nous échafaudâmes les plus sérieuses élucubrations sur les possibilités d'utilisation du précieux vestige. Nous nous séparâmes tard dans l'après-midi sans être parvenus à dégager l'idée la plus avantageuse, mais non sans nous être mutuellement juré de revenir sur les hypothèses les plus intéressantes.

C'était en été, par temps très chaud, lorsque la totalité du village sombrait dans une sieste exsudante que nous entreprenions nos tournées dans les dépotoirs. Comme je ne possédais pas de chapeau, le soleil m'avait bruni comme une souche. Ma mère avait alors pris l'habitude de m'appeler *Akli ouzal* (« le nègre de midi »). Les seuls êtres vivants que nous trouvions au milieu des ordures étaient des poules qui y creusaient des trous où elles s'enterraient à moitié pour profiter de la relative fraîcheur des déchets encore humides; elles nous regardaient stupidement en tirant la langue de chaleur comme des chiens épuisés par la poursuite du gibier. Nous savions qu'il y avait aussi plein de rats mais ils s'enfuyaient ou se cachaient dès que nous commencions à approcher.

Depuis que les camions étaient venus troubler le cours tranquille de notre existence, nos incursions dans les dépotoirs avaient cessé. Ce dont nous avions tant rêvé s'était matérialisé là devant nous. Maintenant, au lieu de nous diriger vers les dépotoirs, nous allions nous isoler tous les trois à l'ombre pour parler des camions. Ahmed nous révéla un jour :

– Il paraît que les engins que l'on a vus ici ne sont pas les meilleurs de tous. Il y en a d'autres plus puissants qui peuvent escalader des monticules et passer sur les arbres. C'est Mohand-Arezki qui dit cela. Lui, il prétend être déjà monté dans un camion.

C'était en effet cet exploit qui entretenait depuis quelques jours la supériorité de Mohand-Arezki. Aucun garçon n'osait le contredire, car nous espérions tous qu'il nous donnerait des détails précis et passionnants sur cette randonnée de rêve. En attendant, il se pavanait parmi nous, avare de confidences, se contentant de lancer énigmatiquement de temps à autre des insinuations sur la vitesse, le confort des banquettes, le vent qui jouait dans les cheveux.

Mais nous ne tardâmes pas à négliger Mohand-Arezki et son exploit hypothétique. Les camions recommencèrent à arriver, nombreux maintenant, dans la contrée. Nous nous rendîmes même compte qu'il en existait plusieurs variétés, et nous parvînmes bientôt à connaître le nom propre de chaque véhicule. Nous oubliâmes beaucoup de choses : nos courses aux dépotoirs, le jeu de billes et les toupies, les trappes pour les tourterelles et les ramiers. Nous nous installions sur un col pour voir arriver les camions. Nous pouvions les apercevoir une dizaine de kilomètres avant le village, juste au moment d'aborder le pont qui enjambait la rivière. Une fois nous les vîmes de nuit, yeux luminescents dans le sommeil noir du monde. Ils avançaient en forant les ténèbres comme des vilebrequins de lumière. Nous les regardions, ébahis, nos cages thoraciques trop étroites pour contenir nos cœurs bondissants. Dans le silence pesant entrecoupé de respirations oppressées, une voix tomba lentement, hésitante et pitoyable :

– Non, ce que je disais n'est pas vrai. Je ne suis jamais monté dans un engin comme ça.

3

La nouvelle de l'implantation de l'école arriva brutalement dans le village. J'étais dans les prés, enfoncé dans l'herbe jusqu'à la ceinture. Et je pensai à des chaises bien droites et à des cartables en cuir neuf. Les grandes personnes affirmaient que l'école allait transformer quantité de choses dans le comportement et le paysage mental des villageois. Je me mis alors, moi, à imaginer tout ce qui allait disparaître : les oiseaux et la tiède consistance de leur plumage, les nuages voyageurs et leurs formes éphémères et libres, le tronc noueux des arbres, la familiarité des troupeaux qu'on mène paître à l'aube. Je voyais à côté la nouvelle vie qui serait nôtre : les réserves de craie friable, la senteur végétale des papiers remplis d'images, un parler neuf qui déforme les lèvres et rend plus rugueux le timbre de la voix. Matins géométriques de soleil déteint ou de pluies apprivoisées; finies les gambades sans balises à la poursuite des chèvres capricieuses! J'imaginais que le changement allait prendre brusquement place par une matinée d'hiver figée dans l'éclat d'un soleil neutre. Les rouges-gorges, les alouettes, les fauvettes, les grives ne s'enfuiraient plus lorsqu'on les approcherait : ils se contenteraient de s'incruster comme des oiseaux d'encre dans le livre pétrifié de la nature.

Je pensais à tout cela avec un sentiment indéfini où se bousculaient les pulsions les plus contradictoires. J'ai toujours été tenté par l'inconnu mais je sentais qu'il allait avoir cette fois-ci une forme de barreaux invisibles qui m'empêcheraient de poursuivre mes visites au dépotoir, de poser mes pièges à l'intérieur des fourrés où la pluie ne pénétrait pas, d'aller prélever des bouts de branches pour tenter des greffes impossibles, de partir tirer avec un fusil dissimulé dans mon cerveau les bêtes les plus rares de la forêt.

Ils sont venus avec des casques sur la tête et beaucoup de matériel. Ils sont presque tous étrangers. Quelques-uns cependant étaient absolument comme nous; ils accomplissaient les cinq prières et parlaient une langue que nous comprenions à moitié.

Ils ont tout fait et très vite. Sur le terrain préparé pour l'implantation de l'école d'immenses panneaux métalliques étaient amoncelés. Le soleil ricochait avec violence sur le métal, et une odeur suffocante de peinture planait dans l'air.

Nous allions souvent voir les hommes s'affairer. Quelques garçons partaient spécialement pour respirer les exhalaisons de peinture qu'ils aimaient. L'un des hommes qui travaillaient sur le chantier de l'école n'avait qu'une seule main mais il était d'une grande habileté et s'activait comme une guêpe-maçon. Il s'appelait Saïd, n'était pas de notre pays mais d'un pays voisin. Comme il parlait une langue pratiquement identique à la nôtre, il tenait de longues conversations avec nous, tout en s'affairant, penché sur ses caisses de boulons, ses plaques métalliques et ses pots de peinture.

– Le monde va changer pour vous, nous disait-il. Oh non, il ne deviendra pas meilleur. Seulement les choses dans votre tête épouseront d'autres contours, vos rêves n'auront plus la même géométrie. La lymphe violette des encriers falsifiera votre sang. Oiseaux et hélicoptères, laine et coton synthétique, rubans de fête et lassos de chasseurs, engins de distraction qui servent aussi au supplice, vous allez découvrir tellement de choses aux ressemblances illusoires que vous n'arriverez plus jamais à prendre le monde par son bout le plus innocent.

« Vous allez sans doute vous débattre au début, mais la glu des mots est trop prenante. Aucun appel au secours ne franchira le mur des sourires trompeurs aménagés pour vous mettre dans une fausse aise. Des formes qui veulent dire la même chose mais se détruisent entre elles; d'autres formes contradictoires conçues pour infliger le même supplice. Ils ont tout réglementé – jusqu'aux erreurs de la nature. Ils savent que la brûlure et la morsure du froid provoquent exactement la même blessure. Vous allez connaître la manière de porter la mort dans le sourire, de perpétuer le mal par le geste donateur.

« Les mots ont des faces multiples. Les mots vous ont déjà séduits? Mais attendez donc les images et les engins qui les accompagnent. Vous allez connaître la froideur du rectangle, du verre et du plastique. Le plus malin d'entre vous n'arrivera même pas à trouver dans le tourbillon des angles, des adjectifs et des ellipses un trou par où s'éclipser. On vous dénombrera, vous calculera, vous étiquettera, la machine se chargera d'attribuer à chacun un visage immuable et un chiffre définitif. Les arbres ne vous parleront plus, les oiseaux ne vous frôleront plus. Vous apprendrez qu'il n'y a rien de plus effrayant que l'image de soi-même, une image tellement insoutenable qu'on voudrait l'anéantir. Vous croyez que je suis heureux avec mon visage rosi à la peinture et mes extrémités tronquées? Allez donc questionner les arbres déchiquetés sur la douleur qui monte de leurs racines restées vivantes. »

Nous ne saisissions pas tout ce qu'il nous racontait. Car sa langue comprenait beaucoup de mots inconnus pour nous; nous étions en outre certains qu'il ne parlait pas toujours pour être compris mais qu'il était hanté par un démon volubile qui dégoisait par sa bouche. Un jour il nous confia :

– L'école maintenant va être finie. Mais ne croyez pas qu'elle va se tenir là, inoffensive et bienveillante, pour étancher la soif d'apprendre des jeunes bergers. Le savoir n'a pas de blancheur, il a la couleur des matraques. Oh oui, rêvez d'images innócentes, de mots qui n'écorchent pas la bouche, d'un feu de poêle en hiver. Il y aura bien autre chose pour accueillir votre faim et votre naïveté inconsciente.

L'école fut en effet bientôt montée. Un jour d'automne d'autres étrangers vinrent prendre le relais des travailleurs. Ils étaient nettement mieux habillés et plus imposants. Ils repartirent au bout de quelques heures, laissant un seul d'entre eux, le plus petit, qui allait être l'instituteur du village. Oh non, il n'était pas méchant, et l'image du savoir précieux inculqué à coups de bâton qui nous hanta longtemps ne tarda pas à déserter l'esprit des jeunes gens. Moi je ne fus pas admis à l'école, j'étais encore trop jeune. Mais j'apprendrai à lire plus tard et très vite d'ailleurs – c'est ce qui me permet de relater tout cela aujourd'hui.

Chaque soir mon frère me racontait avec émerveillement cet espace privilégié de sièges en briques (les tables n'étaient pas encore arrivées), de photos en couleurs qui ouvraient les murs sur le rêve. Il me confiait que de la salle de classe on entendait bruire le grand olivier, mais ce n'étaient pas seulement des branches et des feuilles qu'on voyait dessus, c'était aussi une profusion de couleurs surnaturelles, de petits navires en mouvement et d'innombrables bêtes inconnues qui semblaient sorties tout droit du livre que l'instituteur faisait passer d'une rangée à l'autre.

Un jour il rapporta à la maison un morceau de craie verte. Il nous le passa pour le toucher, le humer et en éprouver la consistance. Il le fit circuler avec fierté surtout lorsque les filles du voisin s'amenèrent pour voir aussi. Il nous assura qu'on pouvait tirer de ce petit bout de roche lisse des merveilles inimaginables et que lui était en mesure de se procurer d'autres morceaux encore. Le lendemain tous les murs du voisinage, toutes les dalles, toutes les grosses pierres étaient couverts de chiens, de lapins, de fleurs et de maisonnettes verts.

Mais le jour béni entre tous fut celui où arrivèrent les livres d'images. Tout le monde ne fut pas servi, seulement une moitié de la classe. Mon frère réussit à en avoir un en copropriété avec un camarade à lui nommé Akli.

Celui-ci gardait le livre toute la matinée et mon frère le récupérait en début d'après-midi avant que les troupeaux ne partent aux pacages. Nous allions chercher le livre en bon groupe de cinq à six personnes formé de mon frère, de moi-même, d'un compagnon occasionnel et des filles du voisin. Pour la nuit, un système de roulement fut établi pour garder le livre à tour de rôle. L'un de nos nouveaux jeux, le plus courant peut-être, consistait à nous asseoir en cercle, le livre posé au milieu, et à énumérer au fur et à mesure que les pages tournaient, ce que nous aurions aimé posséder parmi les beaux objets en images : arbres, maisons, magasins, râteaux, assiettes, tables, armoires. Nous nous retrouvions riches de trésors inestimables. Parfois aussi le jeu consistait à dire à qui nous voudrions ressembler parmi toutes les personnes qui se pressaient au fil des pages. C'était presque toujours l'apparence du vêtement qui déterminait notre choix. Une bagarre éclata un jour parce que l'une des filles du voisin voulait ressembler à un enfant qui, au jugement de tout le monde, était un garçon.

Mon frère ne prenait jamais part à ce jeu, d'abord parce qu'il s'estimait trop grand mais aussi pour une autre raison qu'il ne nous avouait pas. Le premier jour où il arriva à la maison avec le livre, il s'assit en toute hâte et se mit à le feuilleter avec anxiété à la recherche – j'en étais sûr – d'une de ces machines qui labourent toutes seules. Puis il reposa le livre d'un air sombre et demeura silencieux pour quelques secondes.

Un grand nombre des choses contenues dans le livre nous étaient inconnues; nous pouvions vaguement deviner qu'elles servaient pour manger, s'asseoir ou se déplacer.

Moi j'aimais les chevaux par-dessus tout; je restais à les regarder pendant de longues heures et soudain ils brisaient le cadre des pages et se mettaient à galoper dans l'air dormant de midi; ils traversaient le village silencieux puis devenaient légers et évanescents avant de rejoindre les nuages blancs qu'une carde invisible éparpillait.

4

Puis d'autres images sont arrivées. Elles étaient plus impressionnantes qu'on ne l'avait jamais imaginé. C'était incroyable! Un chien courait dans l'escalier à la poursuite d'un bonhomme. Et tout le village était dans la salle de classe à attendre, le souffle court, l'issue de cette chasse à l'homme. Les femmes avaient des cheveux courts bouclés et portaient des chapeaux, elles parlaient avec des voix très fines. Et nous écoutions tout cela tandis que l'appareil de projection ronronnait doucement, avec une monotonie de berceuse.

Ce qu'on nous montrait défiait les imaginations les plus fertiles : l'habit impeccable des personnages, l'intérieur des maisons, le port impudique et le comportement effronté des femmes, et puis – situation extraordinaire et rigolote – c'étaient les femmes qui battaient les hommes! Mais personne n'osait rire ou commenter : le moment était trop solennel et trop embarrassant. Les spectateurs osaient à peine éternuer ou se moucher.

L'appareil de projection faisait comme le bruit d'une pluie épaisse et continue. J'étais très mal à l'aise car je fus convaincu au bout de quelque temps qu'il pleuvait effectivement dehors. Et je pensai au jour où je fus pris dans une tempête de vent et de pluie, je me rappelai avec une grande peur la sensation d'étouffement que j'avais éprouvée comme la première fois où quelqu'un m'avait renversé à l'improviste un seau d'eau sur la tête.

La projection avait duré longtemps. Lorsque le bon héros du film acheva son itinéraire dans la mort, aux reniflements sonores de quelques spectateurs, il faisait presque nuit. La salle de classe vomit la masse des villageois rassemblés là pour des motifs inhabituels. Ils sortaient en silence, à la fois sidérés par ce voyage immobile, tout à fait inespéré, et honteux d'avoir passé une bonne partie de l'après-midi à un amusement d'enfants insouciants. Mais le plus en rogne de tous était le cheikh du village qui avait raté de manière inavouable l'heure de la première prière du soir. Il vitupérait à voix basse cette machine du Diable qui détournait les croyants de leurs devoirs religieux, et ces villageois naïfs qui se laissaient prendre comme un gibier aveugle dans le piège tendu par des images illusoires. Et si la tentation était devenue encore plus réelle, si tous les biens et les plaisirs qui détournent du droit chemin s'étaient concrétisés là, devant eux, ils y auraient donc tous donné de la tête sans tergiverser une seule seconde? Ils s'imaginaient donc en possession des richesses des étrangers pour se permettre de passer ainsi une soirée entière d'oisiveté, à regarder des images impudiques? Pauvres villageois fourvoyés qui creusaient avec application leur chemin vers l'Enfer!

Il fulminait, accablant tout le monde sans s'épargner

lui-même. Lorsqu'il arriva à la mosquée, ce ne fut pas un appel recueilli à la prière qui sortit de son gosier mais une litanie furieuse qui semblait cingler comme un fouet la piété bernée des insensés villageois.

Rentré à la maison, j'ai passé la nuit à rêver d'escaliers inextricables, de chiens furieux et de femmes à la chevelure dénouée.

Les villageois auraient tant aimé poursuivre le voyage fantastique vers ces mondes où la vie est propre et les hommes bien habillés, mais hélas l'appareil à la voix de pluie continue resta des semaines sans ronronner. Nous avions cependant emmagasiné assez de rêves, de sensations pour nous réunir entre enfants et disserter sur les maisons, les vêtements et les femmes venues faire un tour de quelques heures (nous avions tous l'impression que c'était plus long que ça) dans nos montagnes. Arezki Amaouche nous révéla que son père, qui avait travaillé quelques années en pays étranger, possédait parmi ses papiers la photo d'une femme qui ressemblait à celles du film, une femme habillée d'une longue veste comme un homme et dont les cheveux étaient bouclés. Nous apprîmes aussi que cette fameuse dispute entre ses parents, qui avait mis le village sens dessus dessous et que nous nous rappelions tous encore, avait éclaté le jour où sa mère avait découvert la photo. Ce qui intriguait beaucoup Arezki. Car lui aimait bien la photo et chaque fois qu'il voyait son père sur le point de déballer ses papiers il se rapprochait de lui pour voir la femme aux cheveux bouclés. Il n'aimait pas seulement le visage et le vêtement inconnu de la femme mais aussi l'émanation particulière du papier qui lui rappelait l'odeur des pêches trop mûres. Nous pensions tous que son père avait une réelle chance d'avoir vécu dans ce monde d'escaliers vertigineux, d'hommes bien habillés (lui aussi était « sapé » comme eux, à l'époque évidemment!) et de femmes effrontées qui ne se gênaient même pas pour vous gifler lorsqu'elles en éprouvaient l'envie.

– Ton père connaît sûrement les femmes aux voix fluettes qu'on a vues. C'est pour cela que ta mère était mécontente.

– Ce n'est pas des femmes à connaître car elles font des choses qu'on ne peut approuver. Il doit mener une vie indigne pour connaître des femmes comme ça!

Ahmed voulait exprimer quelque chose de troublant mais il ne savait pas comment le dire, et sa voix mourut dans un tremblement. Nous savions que ce qu'il voulait communiquer était d'une extrême gravité, c'est pourquoi nous observâmes un long silence après que sa voix se fut tue. C'était pour rompre ce silence pesant, qui risquait de se transformer en gêne, que Dahmane parla pour dire n'importe quoi :

– Ton père a certainement regretté de revenir ici.

– On revient toujours chez soi, répliqua sentencieusement Tayeb.

Le pouvoir de l'appareil ronronnant était immense; les images ne donnaient pas à voir un seul lieu, elles étaient capables de pénétrer dans les endroits les plus éloignés, chez les hommes les plus différents. Lorsque l'appareil revint, ce fut pour nous faire découvrir un peuple un peu étrange malgré sa légère ressemblance avec le nôtre, un peuple dont les hommes portaient des anneaux aux oreilles et dont les femmes se drapaient dans un tissu en forme de voile. L'histoire était entrecoupée de danses compliquées et de chansons dites d'une voix incroyablement fine.

Une légère maladie m'empêcha de voir le film les premiers jours. Je maudissais ma fièvre, passais des nuits agitées aggravées par le dépit et les insomnies. C'était une maladie nouvelle, un mal de tête qui allait me talonner durant quelques années. J'avais l'impression qu'une multitude de boutons désagréables tapissaient l'intérieur de mon crâne. Le moindre petit mouvement de la tête me donnait la nausée – mais je ne vomissais jamais et une boule insupportable demeurait perpétuellement entre ma gorge et ma poitrine. La première fois le malaise m'avait saisi d'assez bon matin alors que ma mère se trouvait assise en train de pétrir une grosse pâte pour je ne sais quels galettes ou beignets. Je regardais la pâte prendre des formes rondes, éphémères, puis l'idée s'installa soudain en moi que c'était cette matière opaque et répugnante remplissant mon crâne que ma mère était en train de façonner. Je me pris à hurler comme un forcené puis je m'évanouis. Le lendemain je me sentis légèrement mieux et deux jours plus tard je pus me lever. Ma première préoccupation fut d'aller voir le film. Heureusement, il était encore là! Si le film était reparti sans que je l'eusse vu, je serais sans doute devenu fou.

Les gens avaient vu plusieurs fois cette nouvelle histoire, ils en connaissaient par cœur toutes les séquences et chaque fois qu'ils étaient sur le point d'oublier un passage ou un détail important ils repartaient entendre ronronner l'engin magique. Le jour de ma guérison la salle de classe était encore comble. Il fallait faire preuve d'ingéniosité pour trouver deux briques où s'asseoir. J'attendais, le cœur tressautant, que l'on fermât les volets et que l'appareil projetât son faisceau de lumière.

Le film présentait des personnages qui ne ressemblaient pas aux étrangers; quelques-uns portaient même des turbans comme nous. Mais il y avait tant de choses fabuleuses comme cet éléphant qui portait des hommes sur son dos – on ne l'avait montré malheureusement qu'une seule fois et trop vite. J'attendis vainement qu'il réapparût. Une femme drapée dans un tissu léger et bariolé chantait d'une voix aiguë d'oiseau. Des villageois avaient maintenant acquis plus d'assurance. Ils se permettaient de rire ou d'extérioriser leur admiration. Le ronronnement de la machine à images ne faisait plus naître en moi l'ancienne angoisse car il n'arrivait plus à susciter l'illusion de la pluie. Il y eut soudain un moment de grande émotion. Les spectateurs soupiraient comme des âmes en peine. Au moment où l'homme approcha un fer rougi des yeux d'un enfant, mon voisin m'agrippa le bras avec force, éclata en sanglots et balbutia à travers ses larmes :

– Il va maintenant l'aveugler! Il ne sait pas que c'est son propre fils!

5

Les appréhensions et la méfiance des villageois n'étaient pas sans fondement. Les images mobiles et captivantes, les camions venus en éclaireurs n'avaient pour but que de préparer l'arrivée de l'armée. Elle s'amena un jour dans un concert de vrombissements et de cliquetis divers, délogea les villageois qui habitaient sur la crête et y installa ses tentes. Dès le lendemain des travaux de démolition et de construction commencèrent simultanément.

Le village vivait, en fait, depuis déjà des semaines une atmosphère assez particulière. Les grandes personnes parlaient avec beaucoup d'insinuations, de sous-entendus. Les hommes sortaient la nuit de manière inhabituelle et mystérieuse. Ils se faufilaient plutôt qu'ils ne marchaient dans les ruelles, échangeant, sans presque prendre le temps de s'arrêter, des paroles à voix basse. Une nuit, à une heure assez avancée, les voix des hommes s'élevèrent en un chant uni et puissant qui nous glaça les os avant d'infuser en nous, à mesure que nous nous y habituions, une étrange sensation de bien-être. Nous demeurâmes, immobiles, à écouter. C'était un chant tout à fait nouveau. Parfois les hommes qui avaient accompli ensemble la dernière prière du soir restaient encore un peu dehors pour psalmodier des passages liturgiques. Cette fois-ci ce ne fut pas dans la langue sainte mais dans notre langue que les hommes chantaient. Leurs voix qui montaient jusqu'à n'en faire qu'une étaient comme une échancrure dans l'épaisseur des ténèbres.

Pays noble des ancêtres
que l'étranger a spolié...

Un homme était arrivé quelques jours auparavant. Il n'était pas habillé comme les paysans. Il s'était rendu à la maison de mon oncle Ahmed où les hommes du village l'avaient suivi quelque temps après. Ils étaient restés une bonne partie de l'après-midi ensemble et, depuis lors, les villageois avaient cessé de se comporter comme avant. Le lendemain l'étranger avait disparu.

Les soldats s'occupèrent de l'aménagement de leur camp durant deux semaines, nous laissant mener normalement le cours de notre existence. Un beau jour, ils descendirent de leur crête, rassemblèrent le village en usant de brutalité, pour nous inculquer une fois pour toutes qu'ils étaient désormais les seuls maîtres ici – et des maîtres au pouvoir sans limites. Ils nous tinrent un discours menaçant qu'Ali Amaouche traduisit partiellement en tremblant. Ils nous gardèrent longtemps entassés sur la place. Lorsque la nuit commença à descendre et que des bébés orchestrèrent un concert de pleurs, le militaire qui avait beaucoup parlé empoigna sa carabine et se mit à tirer vers le ciel. Puis les soldats nous chassèrent plus qu'ils ne nous laissèrent partir.

Du côté de la crête, le paysage ne nous appartenait plus. Rudesse et agressivité des murs crénelés s'étaient substituées aux verts arrondis de la végétation. Les arbres n'étaient plus que des troncs nains où plus rien ne bruissait. Les militaires avaient sans doute une peur bleue de tout ce qui entretenait une connivence avec l'état ancien de la crête : les villageois, la verdure qui s'agite, la pénombre, les bruits du vent. Ils passaient leur temps à couper des arbres, à exterminer des buissons, à fouiller les hommes, à pourchasser les bergers et leurs troupeaux. Même les pépiements d'oiseaux leur étaient devenus inadmissibles. Un militaire armé d'une carabine était constamment posté entre ce qui restait des arbres, avec pour mission d'abattre tout oiseau à sa portée. Même ses besoins naturels, il les expédiait avec diligence de peur qu'un oiseau chanceux n'échappât à sa ligne de mire. Nous le vîmes maintes fois se précipiter, comme un sinistré, vers les latrines et en revenir en courant plus vite encore, la carabine entre les mains, déjà prête à faire feu. C'était un homme au visage tacheté de rouge, qui était toujours en train de suer comme s'il passait sa vie à courir. Mais c'était un bon tireur. Nous pûmes nous en rendre compte un jour qu'il tira un faucon.

Au bout de quelques semaines, les militaires entreprirent de nous rendre la vie franchement plus difficile. Il leur fallait de l'eau, du bois, de la nourriture. Et ce furent les bras et les troupeaux des villageois qui devaient subvenir à tout cela. L'étable de Saâdi Ouali, ce brave homme que les militaires avaient déjà à maintes reprises conduit dans leur camp, l'accusant d'activités subversives, se mit à diminuer à vue d'œil. Et, un jour son fils Mokrane sortit de la maison avec un « troupeau » composé d'une vieille chèvre et de deux chevreaux.

– Il vaut mieux que ce soit nous qui les mangions, disaient les militaires.

Un matin ils descendirent encore de leur crête pour recenser tous les jeunes hommes qui allaient leur chercher de l'eau à dos d'âne. C'était l'hiver. Les villageois étaient rassemblés dans la courette couverte attenant à la mosquée, et la neige tombait lentement en petits flocons de laine très blanche. J'étais là, parmi les grandes personnes, écrasé par le silence et la rigidité de la nature morte. Un rouge-gorge enhardi par la faim vint se poser sur le toit rouge de la mosquée où il resta longtemps comme s'il savait que les hommes étaient tellement bien domptés qu'ils ne pouvaient même pas causer du mal à un oiseau. Les paroles abruptes des militaires, que je ne comprenais pas, creusaient de petites fêlures dans le silence qui se ressoudait très vite après et devenait compact comme la pierre. L'homme qui traduisait avait une voix moins assurée.

Mon frère faisait partie des jeunes hommes choisis pour la corvée d'eau. Je le revois rentrant un soir à la maison, le visage rougi et les mains bleuies par le froid. Il se ramassa dans un coin et se mit à pleurer silencieusement. Cela me bouleversa et j'eus moi-même toutes les peines du monde à retenir mes larmes. C'était la première fois que je voyais mon grand frère pleurer, lui à qui l'existence n'avait pourtant pas épargné les occasions de verser des larmes mais qui savait amortir discrètement les coups les plus cuisants de la vie.

C'est à partir de ce jour-là qu'il était devenu une autre personne. Les larmes l'avaient comme purgé d'une indolence et d'une passivité qui stagnaient au fin fond de lui.

L'hiver n'avait jamais été aussi triste ni aussi froid. On n'avait même pas le droit de sortir aux champs pour chercher du bois mort : le village était entouré de fils barbelés. Ce n'était pas une impression de calme mais de cauchemar silencieux que les gens vivaient. Ce qui me tarabustait le plus, moi, c'était que notre nouvelle situation de claustrés m'ôtait toute possibilité d'aller poser mes pièges sous ces buissons touffus où la pluie ne pénétrait pas. Mais je ne tardai pas à devenir moins triste, car des oiseaux, rouges-gorges, grives, rossignols et bergeronnettes s'abattirent sur le village, venant quémander un peu de chaleur sur les toits et dans les cours. Alors je posais mes pièges juste derrière la maison, au pied du monticule de noyaux d'olives où les oiseaux venaient picorer; c'était une chance que la presse à huile se trouvât si près de chez nous.

Le comportement de mon frère devint mystérieux. Il était souvent absent de la maison, longtemps et aux heures les plus indues. Maintes fois j'avais surpris mes parents en discussion très animée dont le sujet, j'en étais certain, était ce changement dans la conduite de mon frère. A mon approche, ils se taisaient brusquement ou tentaient maladroitement de réorienter leur conversation. Tout le monde d'ailleurs au village avait appris à vivre d'une autre façon. Les mots n'avaient plus le même sens, les salutations n'avaient plus la même signification, les liens parentaux ou amicaux ne donnaient plus lieu aux mêmes rapports qu'autrefois. Et un beau jour toute la population, même les enfants, sut que des hommes de notre peuple étaient dans les montagnes pour mener une guerre contre les occupants étrangers. Ni Chérif Ourezki, ni Moh-Tahar, ni Ali Ouahmed, ni Hamou Méziane ne faisaient maintenant partie du village. Chaque matin, celui-ci se réveillait avec une personne en moins parmi ses jeunes hommes. On attendait deux jours, trois jours sa réapparition puis on cessait d'attendre.

Dès que les froids intenses avaient cessé, Ahmed et moi avions recommencé à nous rencontrer. Nous allions nous asseoir sous le grand figuier où les poules venaient, en été, chercher un refuge contre le soleil. L'arbre ressemblait plutôt à un squelette d'arbre avec ses branches nues entrecroisées, mais son tronc nous cachait à la vue et nous nous y sentions en lieu sûr pour parler des choses les plus audacieuses. Les combattants qui se trouvaient dans les montagnes constituaient notre sujet de discussion préféré. Ahmed m'affirmait que c'étaient des hommes très grands capables de passer par-dessus les arbres et les maisons. Chacun d'eux pouvait tenir tête à dix militaires étrangers. Je n'osais pas douter de ses paroles mais celles-ci me paraissaient tout de même un peu exagérées, car je pensais à Moh-Tahar et Hamou Méziane et m'efforçais de les imaginer dans leur nouvelle stature de surhommes. Il était évident que nous aussi devrions rejoindre la montagne dès que nous serions un peu plus grands.

Un jour les militaires nous permirent de nous rendre dans les champs pour faire paître nos troupeaux et jeter un coup d'œil à nos arbres. Le printemps commençait à poindre et les abricotiers échangeaient déjà leurs fleurs contre de petits fruits verts. Tout le village était en branle-bas. On préparait les haches, les sécateurs, les faucilles.

Nous partîmes tous en même temps, hommes et chèvres mélangés. Aucune famille au village ne conservait sa paire de bœufs. Les nouvelles mesures imposées par les militaires ne permettaient d'entretenir que les chèvres et les ânes. Les gens s'égaillèrent dans les prés comme des cabris, chacun s'acheminant vers ses champs ou ses vergers. Cela faisait si longtemps que je ne m'étais pas enfoncé dans la verdure, que je n'avais pas senti sur mes mains et mes jambes la langue râpeuse des herbes et les mottes qui s'effritent. Mon frère me confia la garde des chèvres. Je savais que cette journée avait quelque chose de particulièrement grave, c'est pourquoi je ne pensai même pas à poser de pièges – que j'avais d'ailleurs laissés à la maison.

Mon frère était très affairé dans le champ. Ce n'est que vers le soir, lorsque le soleil éclaboussa d'un sang pâle les montagnes au-dessus de la rivière, qu'il vint me rejoindre. Nous fîmes la route ensemble jusqu'à la maison. Il me parla comme il ne l'avait jamais fait jusqu'alors. C'est vrai que mon frère avait dix ans de plus que moi, mais jamais auparavant il n'avait fait montre de cette assurance protectrice et de cette maturité. Il parlait et les forêts, les oiseaux, les oliviers, la violence, le sang et le pardon prenaient à mes yeux d'autres contours et une autre densité. Je comprenais, en l'écoutant, qu'on pouvait être tout à la fois nu et riche, adroit et humble, fort et généreux, imposant et misérable. Pour un moment je cessai d'avoir peur des étrangers dont les lourdes chaussures passaient chaque jour, en les aplatissant, sur nos rêves et notre quiétude.

– Un jour tout ceci ne sera qu'un mauvais souvenir que des exigences plus belles éclipseront. Ce n'est pas moi qui le dis mais des hommes plus sages que moi. Notre manière d'être aussi va changer. Nous n'emploierons plus nos forces à nous entre-déchirer. Cette haine qui gonfle notre cœur quand un voisin réussit quelque chose ou lorsque quelqu'un ne fait que passer par une parcelle de terre à nous, cette haine fera place à des sentiments plus généreux. Pour arriver à tout cela, il faut accepter que le sang, la mort, deviennent pour un temps nos familiers. C'est comme l'arbre qu'on ente. Il ne faut pas que l'écoulement de la sève nous fasse oublier la promesse du fruit. Le sang est parfois nécessaire pour irriguer la chair du fruit et la pourvoir de ce rouge qui en fait une chair accomplie.

En me réveillant le lendemain, je ne trouvai pas mon frère à la maison. Et ni le jour suivant ni les mois suivants je ne devais le voir. Lorsque je me réfugiais à l'abri du figuier pour discuter des choses graves avec Ahmed, nous parlions maintenant de lui aussi. Je savais qu'il était devenu un homme très grand qui pouvait enjamber les arbres et les murailles. Et j'en étais très fier.

1

J'ai hérité de ma mère ce réflexe inestimable : choper un pou du premier coup dans la chevelure la plus touffue et dans l'obscurité la plus totale. Je me rappelle, durant la guerre, la main maternelle farfouillant en pleine nuit dans ma tête et sur les coutures de mes vêtements pour extirper avec une précision féroce les prolifiques bestioles. La main descendait et remontait sur ma peau avec une douceur qui ne laissait rien paraître ni même deviner de ses desseins meurtriers pour les petites bêtes. Souvent je m'endormais avant que les doigts ne se fussent retirés de mon corps qu'ils massaient agréablement.

La dextérité de cette main est passée dans la mienne. Cela m'a beaucoup servi car nos pérégrinations avaient accumulé les parasites sur mon corps. Ce fut de nuit que je m'en étais aperçu pour la première fois. Nous nous étions étendus, comme à l'accoutumée, à la belle étoile. La nuit était très douce mais je n'arrivais pas à trouver le sommeil. Tout à coup je sentis une démangeaison sur mon cuir chevelu; quelques secondes plus tard, mes doigts partis en chasse revinrent avec un pou adulte. Je ne tardai pas à m'apercevoir que ce n'était pas un pou solitaire. La guerre que je déclarai à la colonie me mobilisa une bonne partie de la nuit.

Nous avons laissé bien loin notre village; j'ai maintenant l'impression d'être parti de chez moi depuis un temps immémorial et d'être promis depuis toujours à une destinée de voyageur. Ce que le monde peut être vaste! Et dire que je n'ai même pas encore quitté la partie du pays où les gens parlent notre langue. Un jour nous arrivâmes à proximité de collines complètement nues et je pensai : voici le Sahara. Mais je savais qu'il n'en était rien.

La chaleur est accablante; nous nous sommes sensiblement éloignés du littoral et la halte apaisante d'un bain de mer nous est désormais refusée. Il faut poursuivre notre lutte contre la route et contre le soleil. Seuls les crépuscules nous apparaissent comme des moments bénis, mais j'appréhende la venue de la nuit proprement dite car elle apporte avec elle une tristesse qui confine à l'anxiété. Je m'ennuie le soir avec Rabah Ouali, et des idées angoissantes m'envahissent. Je pense à la réclusion à l'intérieur d'une maison très blanche, à la paralysie et autres infirmités, à la vieillesse et à la mort. Je pense qu'un jour je serai comme Rabah Ouali et que je n'aurai alors aucune raison de tenir à ma vie et au monde.

C'est sans doute la fournaise de midi qui lève et attise dans ma tête toutes ces idées saugrenues qui remontent le soir à la surface, mûres et froides comme des vérités qu'on peut palper. Le soleil n'est bienfaisant qu'en apparence, c'est lui qui fait fermenter en nous les illusions et les folies. J'ai toujours préféré l'hiver. C'est la saison qui fait germer les graines et prépare la surprise des fleurs, qui réveille les éléments et leur demande de s'agiter et de bruire, qui pousse vers nos maisons les oiseaux frileux et chétifs.

L'herbe cette année a fleuri deux fois. En décembre lorsqu'un printemps inattendu naquit au cœur d'une éclaircie qui avait suivi d'abondantes chutes de pluie et en mars après d'autres ondées. Mais rien ne subsiste de cette double floraison. On dirait que dans ce pays de soleil liquide le printemps et les saisons clémentes ne se sont jamais partagé le temps.

Le soleil fore comme une hélice. Il vous contraint à l'immobilité, à la mort lente et silencieuse. C'est pour le fuir que nous marchons, pour précipiter le rythme des heures et hâter la disparition de l'œil de feu. Parfois la chaleur est tellement pressurante que toute l'eau de mon corps fuit, tous les sons d'un midi qui s'éternise viennent frapper ensemble à mes oreilles, mes yeux entraînés dans une danse vertigineuse ne voient plus ce qu'ils doivent voir. L'envie me prend alors d'implorer l'indulgence de Da Rabah, de lui demander de nous arrêter à l'abri d'un arbre, de tomber là, à plat ventre pour boire l'ombre et rester ainsi jusqu'à la fin des mondes – jusqu'à ce qu'une saison d'eau et de fraîcheur vienne nous arracher à la fournaise.

Mais la torpeur disperse mes pensées, annihile ma volonté. Ce que je rumine dans ma tête doit franchir des brasiers menaçants avant de parvenir à ma bouche et d'y trouver son expression. Je me contente donc de rêver secrètement d'un repos qui ressemble à la mort, à l'ombre douce d'un arbre si vaste qu'il semble le parasol du monde. D'ailleurs, quand bien même j'aurais parlé, Rabah Ouali se serait-il rendu à des arguments aussi frivoles et défaitistes? On n'a pas idée de s'arrêter sans raison sérieuse en pleine canicule alors que notre tâche est des plus nobles, alors que les mânes d'un squelette piaffent quelque part d'impatience, dans l'attente des mains salvatrices qui les ramèneront aux paysages et aux bruits familiers de l'enfance. Un squelette attend quelque part que les honneurs lui soient rendus. Car les morts nous voient et nous entendent. Qu'on ne s'amuse pas à médire d'eux ou à profaner ce qu'ils ont laissé sur la terre des vivants. Leur vigilance (et peut-être leur indiscrétion) les sert à partir de l'au-delà.

Pauvres vivants, pensais-je parfois, qui ne sont à l'abri ni des malheurs terrestres, ni des intempéries, ni des disettes, ni des sévices de l'occupant étranger ni même du regard vindicatif de leurs propres morts. C'est pourquoi les vivants dans ce pays aiment tellement parler de la mort. Elle les protège de tant de méfaits! Je suis convaincu que si les villageois avaient la possibilité de vivre comme les étrangers ou même simplement comme les habitants d'Anezrou, la petite ville que nous avons traversée, ils cesseraient d'aimer la mort et peut-être même d'y penser. Ces ripailles, ce délassement, cette quiétude que leur réserve le Paradis, ils en jouiraient sur la terre même. D'ailleurs les villageois doivent se leurrer; je me demande ce qu'ils ont jamais pu accomplir pour mériter le Paradis : eux, si pingres, vindicatifs, jaloux, impitoyables! Et je ne vois pas non plus pourquoi ils iraient en Enfer à la place des autres, eux dont la vie ici-bas n'est somme toute qu'un Enfer déguisé. Je suis sûr que ceux qui sont vraiment conscients doivent être rongés par ce dilemme. Ils savent bien que le Paradis n'est nullement un acquis; seulement ils n'osent pas s'avouer entre eux l'éventualité d'aller en Enfer ou même de n'aller nulle part, ce qui est encore plus problématique. Mais ils y pensent avec anxiété. C'est pourquoi ils affichent tant d'admiration et d'envie pour ceux qui sont morts à la guerre. Pour ceux-là, la question est tranchée : l'Eden les attend toutes portes ouvertes. Non parce qu'ils auront fait du bien sur terre, non parce qu'ils auront trop prié ou fait l'aumône mais simplement parce qu'ils sont morts en défendant le sol de la patrie. Puisqu'on leur témoigne tant d'égards, c'est sans doute pour qu'à leur tour, eux qui nous entendent, nous regardent et jugent nos actes, intercèdent pour nous auprès de ceux qui jaugent les âmes Là-bas.

Mais je pense pour le moment, avec ce midi qui concentre sur nous ses flammes, que la plus grande chance de ces morts heureux est d'échapper à l'enclume de la chaleur. Car, de l'avis de tous, le Paradis est frais et verdoyant; il n'indispose ses pensionnaires ni par un excès de froid ni par un excès de chaleur. Quand on s'endort, en été, sous les arbres où le fruit est de toutes les saisons, leurs feuilles se transforment en palmes dansantes pour nous éventer doucement. Que de perspectives alléchantes! Heureusement que nous ne sommes pas mécréants, que le Créateur nous a fait naître dans cette religion bénie par Lui.

Cependant, avant d'arriver Là-bas, et j'avoue que je ne suis pas du tout pressé, il faut traverser des étés interminables qui déversent sur nous leur métal en fusion et accrochent dans l'air des étincelles qui aveuglent si on n'y prend garde. Malgré son endurance, notre âne aussi crie sa peine. Ses naseaux s'élargissent pour ahaner et des gémissements rauques presque humains sortent de temps à autre de sa gorge. Le plus en forme de nous trois est apparemment Da Rabah. Il a maintenant perdu sa faconde mais il garde un port droit et une allure constante qui ne laissent rien paraître de forcé. C'est pour cela peut-être que je n'avais jamais osé formuler ma prière de nous laisser sombrer dans la torpeur d'un repos illimité à l'ombre de quelque arbre – jusqu'à l'avènement d'une saison indulgente. Je sens mon compagnon si loin d'un tel désir! Et je vois déjà la rafale de morale : vous les jeunes d'aujourd'hui... moi quand j'avais ton âge... Ou alors, il n'aura même pas compris ma requête et j'en serai quitte pour une semonce paternaliste et ironique sur les notions que j'ai de la virilité, de l'endurance et des missions patriotiques.

Je n'ai plus que la ressource d'entretenir dans ma tête mon Paradis d'ombre et de fraîcheur où murmurent les ruisseaux, frou-froutent les feuillages touffus et souffle le vent dans les roseaux. Je pense aux hivers qui sont parfois très rudes chez nous, à la musique triste du vent qui confère au sommeil une douceur paradisiaque et, au temps, une durée indolente faite de détours et d'étirements.

Mais le temps qui nous accable disperse mes souvenirs. Y a-t-il jamais eu dans ce pays une saison de douceur et de pardon, une saison qui puisse fouetter et laver à grande eau les visages dévastés par l'été?

La terre n'est qu'un squelette poudreux qui s'effrite

sous le soleil, et le pas des voyageurs part en poussière fine comme la fumée. Parfois les sabots ferrés de l'âne font jaillir des étincelles au contact des pierres. Un soir Rabah Ouali a rompu son hiératique silence :

– Demain, dit-il, nous arriverons à Boubras. C'est notre dernière étape avant Bordj es-Sbaâ. Il faudra que nous nous y reposions un peu. Jusqu'à présent nous ne nous sommes pas ménagés en route.

2

Boubras est une ville comme je n'en ai jamais imaginé. Elle est nettement plus importante qu'Anezrou et toutes les personnes qui habitent là ne doivent pas se connaître entre elles. Nous y arrivons au milieu de la journée par une chaleur torride, car Boubras, enserré entre des montagnes, est une ville beaucoup moins tempérée qu'Anezrou. Mais malgré la chaleur la circulation est fébrile, les hommes vont dans tous les sens, les voitures se croisent en klaxonnant. Comment les gens parviennent-ils à s'orienter dans cet océan de cris et de mouvements? Le tumulte confine au vertige. Comment s'arrangent-ils pour rencontrer ceux qu'ils désirent rencontrer, pour trouver les choses qu'ils cherchent?

Mais, selon toute apparence, les habitants de la ville n'ont cure du brouhaha continuel et des rues qui s'entrecroisent. Ils marchent posément devant eux, de l'air de savoir parfaitement où ils vont et ce qu'ils veulent. Ils ne sont ni dérangés, ni distraits, ni bousculés, ni éberlués par les maisons très hautes, les voitures très nombreuses et les rues qui se ressemblent.

Nous nous sommes débarrassés de notre âne en l'attachant à un vieil olivier à l'entrée de la ville. Heureusement, car autrement nous aurions eu l'air de curieuses bêtes parmi toutes ces voitures tapageuses et ces gens bien mis. Mon pantalon confectionné par les mains maternelles, avec l'entrejambe qui pendouille un peu, m'assure déjà un air des moins fiers. Avec un âne en laisse ç'aurait été tout simplement intenable. Heureusement que Rabah Ouali se rend parfois à l'évidence. Moi, j'aurais tout donné pour que mes vêtements me quittent, que je cesse ainsi de trimbaler ma provenance, ma condition et ma gêne qui me trahissent comme un immense livre ouvert où furètent les yeux des passants. Être comme tout le monde, sans ce doigt sarcastique qui vous désigne à tous les supplices. Être comme tout le monde, c'est aussi l'aspiration de Rabah Ouali. Et pour y arriver, ne serait-ce qu'un instant, il est prêt à toutes les folies. Car je comprends que c'est bien vers un café qu'il s'achemine de ce pas intrépide, moi derrière lui, fendant la foule qui oscille dans tous les sens.

Il y a des plaisirs terrestres qui ne doivent avoir d'équivalents dans nul paradis aérien ou souterrain. Parmi eux, celui de s'asseoir sur une chaise, les jambes étendues, à regarder le mouvement perpétuel de la rue où les hommes ressemblent à des mouches prises de bougeotte.

Lorsque le garçon s'approche, Rabah Ouali lui lance :

– Limonade! Toute une bouteille.

Le garçon parti, il m'explique après un clin d'œil supérieur qu'avec une bouteille nous sommes gagnants. Si le garçon nous avait servi un verre de limonade pour chacun, nous aurions payé la même somme que pour la bouteille qui contient la valeur de quatre verres. Assoiffé, je loue intérieurement la sagacité de mon compagnon. La limonade est très sucrée et prend agréablement à la gorge et au nez. Nous disposons de tout notre temps pour jouir le plus possible de ces chaises à l'ombre plus confortables que toutes les pierres, dalles ou nattes sur lesquelles je me suis assis jusque-là.

Les mouches tournoient, se posent pour lécher les cercles humides que le fond des verres laisse sur la table. Les consommateurs parlent du départ précipité des étrangers, de ce qu'ils ont laissé, de l'art d'acheter pour presque rien des bâtiments et des camions. L'un d'eux raconte :

– A peine ai-je pénétré dans la voiture que je laissai sortir de ma poche la crosse du pistolet. Alors l'examinateur regarda et me dit : « Quel permis veux-tu : le normal, le poids lourd ou le transport en commun? – Tous les trois », lui répondis-je.

Un autre prend la parole.

– Dieu nous venait en aide. Même lorsque nous mourions nous mourions propres et en règle avec le Créateur, tandis qu'eux nous trouvions leurs cadavres abandonnés, le pantalon souillé d'excréments. Nous nous étions nourris de glands, d'herbes, mais nous tenions le coup et, quand le combat commençait, notre sang se transformait en lave bouillante, les rangs de l'ennemi s'éclaircissaient comme un champ de blé sous la faux.

La guerre qui vient de prendre fin constitue le noyau de la discussion, mais les consommateurs parlent aussi du temps présent, de la manière d'avoir des biens et des postes dans l'administration. C'est tellement agréable d'écouter le bruit des conversations, d'imaginer toutes les choses et situations intéressantes qui en constituent l'objet. Il y a donc tant de gens heureux sur terre qui parlent de camions, de magasins, de bâtiments, comme nous parlons au village d'un troupeau de chèvres ou d'une charrue en bois.

Le temps passe et je suis profondément redevable à Rabah Ouali de prolonger ainsi ce repos exceptionnel sur des sièges confortables, à la portée de discussions qui vous servent comme des choses coutumières et anodines les plus grands biens de ce monde. Heureux habitants de la ville! Ils sirotent des limonades ou du thé, parlent à voix très hautes des sujets les plus invraisemblables et rient à gorge déployée sans peur d'incommoder quelqu'un. Ils n'ont cure de cette discrétion et de cette méfiance des villageois qui obligent à surveiller le ton de sa voix, le mouvement de ses lèvres, la trace de ses pas.

Lorsque nous quittons le café, les membres dispos et l'esprit détendu, c'est pour circuler dans la ville mirifique où les magasins exhibent à travers de grandes vitres une panoplie de vêtements, d'outils et de boîtes de toutes dimensions, de chaussures aux formes variées et incroyablement belles. Des magasins plus petits offrent un entassement de menus objets qui servent à embellir les maisons, à réparer des chaussures ou des fourneaux, à fabriquer des tamis, à coudre des bâts ou des vêtements.

L'heure est sensiblement avancée; les bâtisses, les arbres et les objets profilent des ombres démesurées. Il fait encore plus doux de flâner maintenant dans la ville mais la présence de Da Rabah à mes côtés constitue une contrainte. J'aurais tant voulu pénétrer à l'intérieur d'un grand magasin, regarder, peut-être même toucher, des marchandises d'aspect coûteux. J'ai pu me rendre compte que même de tout petits garçons se permettent ce divin plaisir. Ils se permettent d'ailleurs beaucoup de choses, eux qui peuvent circuler tout seuls sans se perdre dans le réseau des rues et le tumulte étourdissant.

Je me demande si ces gosses sont vraiment comme mes copains du village et moi. Sont-ils façonnés de chair, de privations et de peurs comme nous? Ont-ils des parents qui les battent? Leurs sœurs doivent être très jolies. Comment mangent-ils et dorment-ils? Ont-ils, comme nous, des besoins naturels dégradants? Non, cela je ne le pense pas.

A un moment, deux garçons se sont mis à mon niveau et me montrent du doigt en riant. Me trouvent-ils donc sympathique? Moi, je voudrais tellement les avoir pour amis, surtout le plus jeune dont les yeux, la bouche et le menton ressemblent à ceux d'une fille. Je donnerais beaucoup pour pouvoir le rencontrer chaque jour, lui avouer combien je l'aime, le prendre par la main et l'emmener jouer aux billes et poser des pièges avec moi. Je lui montrerais des fourrés connus de moi seul où les oiseaux pullulent comme larves. Je le protégerais contre tout, je courrais au-devant des pires dangers pour lui, je me battrais contre les grandes personnes pour le défendre ou lui faire plaisir.

Ils restent longtemps à côté de nous puis, à leur manière de me regarder et de s'esclaffer, je comprends qu'ils ne me veulent pas beaucoup de bien. Tous mes projets affectifs sont ruinés. Je voudrais presser le pas pour ne plus avoir ces sans-cœur à mes côtés, mais je dois me conformer au rythme de marche de Da Rabah et m'exposer aux sarcasmes des deux galopins à qui je n'avais pourtant jamais fait de mal.

Lorsque nous arrivons à notre café de tout à l'heure, je m'aperçois qu'il est maintenant assailli de consommateurs. Il y en a à l'intérieur et sur la terrasse.

– On va s'asseoir encore un peu avant de reprendre la route, me dit Da Rabah.

Nous avisons une petite table qui vient juste d'être libérée. Le garçon passe à deux reprises à notre portée sans que Rabah Ouali lui fasse signe. Je comprends que prendre deux limonades en une seule journée est hors de la prodigalité et des allégeances de mon vieux compagnon qui a consenti à se diriger vers le café seulement parce qu'il y a vu trop de monde, et en a conclu qu'on ne peut pas s'y faire remarquer par le garçon.

Mais voilà qu'un homme d'âge mûr, presque vieux, vient s'asseoir à notre table. Ayant auparavant regardé tout autour de lui, il s'était aperçu que notre table était l'une des moins encombrées. Il s'assied laborieusement avec ces marmonnements et ces invocations pieuses propres aux vieilles personnes. Mais il n'a pas de chapelet, faisant ainsi entorse à cette mode d'exhibition religieuse née du vent de fausse dévotion qui a soufflé sur la contrée. Tous ceux qui aspirent à une escalade sociale et hiérarchique ont un petit chapelet à conviction et passent leurs journées à l'égrener; même les jeunes personnes et les individus dont les sentiments sont à cent lieues de toute piété.

Au bout de quelques minutes le vieil homme cherche à nouer conversation.

– La ville connaît une effervescence inaccoutumée, nous confie-t-il. Vous vous rappelez le calme qui régnait ici il y a encore deux semaines?

– Nous sommes des étrangers, répondit Rabah Ouali.

– Comment, des étrangers! On peut encore être un étranger dans le pays revenu à la religion de Dieu et aux mains des croyants?

– C'est-à-dire que nous sommes juste de passage. Nous arrivons depuis peu et nous allons reprendre tout de suite la route pour être demain à Bordj es-Sbaâ.

– Et vous allez voyager de nuit?

– Oui, une bonne partie de la nuit, il fait plus frais et la pleine lune éclaire comme le jour.

L'homme se tait quelques secondes comme pour prendre une importante décision puis :

– Vous resterez chez moi cette nuit. Vous êtes mes hôtes. Dieu m'a envoyé des richesses et je voudrais que tous les croyants en profitent.

Cette proposition nous laisse pantois. Rabah Ouali se met à réfléchir. Il essaie de deviner la nature du traquenard que l'étranger cherche à nous tendre. Mais la figure du vieil homme est vraiment avenante et il est bien difficile de lire derrière quelque ruse maléfique. En outre il suffit de nous bien regarder pour nous rendre à l'évidence que rien, en nous, ne peut tenter les mauvaises intentions. Nous acceptons donc l'invitation. Cela me procure une drôle de sensation. Et tandis que Rabah Ouali et Moh Abchir – c'est le nom de notre bienfaiteur – devisent, je me mets à penser à une maison propre avec beaucoup de chambres, à un repas chaud et copieux, à des objets inconnus dont la vue à elle seule vous repose. J'éprouve une sensation intense de sécurité et de bien-être. Je me sens léger, invulnérable, voguant au-dessus de la faim, de la soif, du froid et de tout ce qui meurtrit ou harcèle la chair. Le monde me paraît tiède, plein de linge propre et odorant, de mets succulents, de personnes débordantes d'égards. C'est une impression que j'éprouvais quand j'étais tout enfant certains soirs d'été striés de vols de martinets, des soirs où l'air était très doux et où je savais qu'une bonne galette était en train de cuire à la maison.

Je saisis par bribes la conversation qui se déroule entre mes deux compagnons de table. C'est surtout Moh Abchir qui parle.

– Nous sommes tous nés pauvres et éprouvés par la guerre. Qui aurait cru que les fils de ce pays pourraient un jour se régaler de toutes les richesses que sa terre dispense généreusement? Qui aurait cru que tous les biens visibles à la surface de notre pays nous reviendraient à nous? Les maisons où l'eau coule, où la lumière s'allume par simple pression sur un bouton, les voitures, les camions, les magasins, quel fils de la femme aurait pensé que tout ceci serait un jour à nous?

« Je vais te raconter. Moi je vivais dans un hameau à vingt kilomètres d'ici, je possédais une petite maison en pierres, un âne et trois chèvres. Je te l'ai dit, ce qui faisait notre égalité devant Dieu c'étaient surtout notre nudité et nos souffrances. J'avais peur de mourir dans ce dénuement, car la vie est tellement courte! On n'a même pas le temps de prendre les revanches qui nous tiennent à cœur. Mais voilà, Dieu finit toujours par se manifester. Les étrangers partent sans demander leur reste et tout ici devient notre bien légal. Moi, je ne suis pas de ceux qui tergiversent. A peine notre souveraineté proclamée, je prends avec moi l'aîné de mes fils, c'est-à-dire l'aîné de ceux qui me restent, nous faisons en quelques heures les vingt kilomètres qui nous séparent de la ville et je fracasse la première porte fermée que je rencontre devant moi. C'est une belle villa de plusieurs pièces; j'entre par une porte et je ne sais plus par quelle autre sortir. Et que de richesses à l'intérieur! Lits, armoires, chaises, tables, vaisselle.

« Je laisse là mon grand fils, repars au village et, le lendemain, toute la famille était installée. J'ai cédé l'âne à un parent mais je n'ai pas eu le temps de vendre les chèvres; je leur ai aménagé dans le jardin de la villa une petite étable avec des roseaux et de la tôle, et chaque matin je les sors paître aux alentours de la ville.

« Ce que j'ai trouvé à l'intérieur de la villa, il aurait fallu trois vies comme la mienne de travail acharné pour l'acquérir. Mais, comme je te le dis, quand la main de Dieu lâche ses dons c'est en dehors de toute retenue. Toutes ces richesses aux mains des mécréants – c'était trop injuste, il fallait que cela cessât un jour. C'est vrai que les étrangers ont les biens périssables de ce monde et nous les jouissances éternelles de l'au-delà. Mais il y a des injustices qui doivent être réparées sur la terre même. Autrement les humains – pauvres créatures de chair, de convoitise et de sottise – perdent l'esprit et cessent de croire à tout jamais à l'équité.

« J'ai trouvé non seulement ce qu'il faut pour manger,

dormir et s'asseoir comme seuls les rois savent le faire mais aussi de petits caissons aux usages variés : l'un sert à faire de la musique et des chansons, un autre à fabriquer de la glace, un autre à laver du linge! Mais le plus intrigant des caissons est celui qui fait des images parlantes. L'unique fois où nous l'avions mis en marche, nous y avions vu des hommes et des femmes qui s'embrassaient sur la bouche. Quels goûts impudiques et dépravés nourrissent donc les étrangers! Lorsque nous avions vu ces scènes ignominieuses, nous n'avions pas trouvé assez d'issues pour quitter en vitesse cette chambre d'opprobre et de damnation. Je pensai un moment que c'était là le châtiment qui m'était réservé pour avoir violé une demeure inconnue. Nous n'avons plus jamais osé nous approcher de cette caisse diabolique, car nous ne pouvions pas savoir ce qu'elle nous réservait.

« Je peux vraiment affirmer que je suis pourvu d'une sacrée chance. Vous avez ceux qui ont quitté leur village pour la ville et qui se retrouvent perchés comme des oiseaux dans des cages de bâtiments. Moi j'ai vécu de la terre et je suis resté près de la terre. Ma villa est entourée d'une bonne surface cultivable. Mais les étrangers sont des frivoles. Des fleurs et des plantes odoriférantes, voici ce qu'ils ont eu l'idée de planter dans une si bonne terre. J'ai déjà commencé l'arrachage et je vois d'ici les oignons, carottes et navets qu'une terre si généreuse pourra me dispenser en automne. »

Le soir venu, nous partons avec Moh Abchir. Nous pénétrons chez lui et nous nous trouvons dans une pièce spacieuse avec une longue table. Il y a là beaucoup de chaises mais la femme de Moh Abchir est assise par terre sur une peau de mouton.

Je me sens très à l'aise entre ces murs imposants, sous le regard lourd des grands meubles aux couleurs sombres. Je ne sais pas pourquoi, je me mets à penser au livre d'images que mon frère avait rapporté de l'école autrefois, à cette impression de netteté et de froid qui sortait des pages et nous envahissait. La pièce ne tarde pas à être prise d'assaut par la nombreuse progéniture du maître de maison. C'est l'heure du dîner que j'attendais avec impatience, car la faim avait creusé de longs couloirs dans ma tête, et mon esprit y vagabondait, spéculant sur tous les mets délicieux que l'on consomme en ville. Je sais que ce sont des mets que l'on prépare de manière très compliquée. Je pense à de gros morceaux de viande, à des légumes secs, à de la farine et des œufs, à du piment et des sauces épaisses, le tout malaxé de façon à obtenir des mixtures aussi déconcertantes que savoureuses.

Mais lorsque le dîner est posé sur la table il met fin à tous mes rêves et spéculations. C'est un plat fait de grosses boules de semoule cuites dans une sauce de pois chiches, comme on en prépare dans la montagne.

Le repas terminé, il y a encore une conversation à laquelle je ne me mêle pas. La guerre contre l'occupant constitue la source de toutes les discussions actuelles dans le pays et je ne vois pas comment je pourrais intervenir sur un sujet aussi grave et tellement ardu. Rabah Ouali dont les laconismes comme les épanchements sont imprévisibles est plutôt en verve ce soir. Il se met à s'attribuer des exploits qu'il n'a jamais accomplis à ma connaissance, à raconter des situations qu'il n'a sans doute jamais vécues. Mais ce n'est pas pour se faire valoir, je devine que c'est surtout pour donner la réplique à notre hôte qui est beau parleur.

– Mon fils aîné, raconte celui-ci, a pris le maquis en compagnie des premiers combattants. Je puis affirmer qu'il l'a fait en toute sincérité, sans aucun espoir de récompense de quelque nature que ce soit, car il n'a jamais posé le front par terre pour faire amende devant son Créateur. L'âpreté de notre existence l'avait égaré au lieu de lui apprendre l'humilité. Il ne croyait ni au Paradis ni à l'Enfer. Il disait que les problèmes réels sont d'ordre terrestre. Aujourd'hui je ne sais même pas où ses restes sont ensevelis – si jamais ils le sont quelque part. Alors je me console d'avoir perdu un fils mais je n'accepte pas de le perdre pour rien. Il faut que je prenne ma part des biens de ce monde pour que mon fils ne se morfonde pas dans cet au-delà auquel il ne croyait pas. Ils ne me font pas peur, ces messieurs croulant sous les galons qui veulent tout prendre pour eux...

Je ne sais comment la conversation s'est terminée, je me rappelle seulement qu'on nous a conduits vers une autre pièce pour dormir. Il y a là des lampes à la lumière blafarde, une immense armoire et un grand lit en forme de caisse découverte. Da Rabah et moi-même nous glissons à l'intérieur, provoquant un balancement moelleux. Le temps de souhaiter la bonne nuit à mon compagnon et je m'endors très vite.

Le lendemain, lorsque le maître de maison pénètre dans notre chambre, il nous trouve déjà levés. Il insiste pour que nous prenions un café avant de nous remettre en route. Nous nous asseyons encore une fois autour de la longue table. Le café avalé, nous nous levons pour partir. Notre homme se met alors à fouiller dans un amas d'objets entassés dans un drap sale. Il en sort une lampe de poche et une sacoche en moleskine. Il nous les tend en disant :

– Il faut savoir partager les richesses que la main divine déverse sur nous.

3

Lorsque nous arrivons à Bordj es-Sbaâ c'est presque le soir. Notre rencontre fortuite avec Moh Abchir avait substantiellement décalé notre programme. Nous aurions dû quitter Boubras la veille au soir et marcher six à sept heures avant de nous arrêter pour dormir.

Le soleil frappe de biais; ses rayons chatouillent les yeux et tout le corps agréablement. On dirait que nous ne sommes pas en été. L'air embaume la fleur chaude et sèche. Comment penser à un squelette, même fraternel, au milieu d'une douceur pareille? On voudrait plutôt se déshabiller, laisser les effluves vous caresser et vous pétrir pour prendre conscience de sa vigueur, pour se sentir plus vivant que jamais, pour jouir de chaque minute crépusculaire et de sa quiétude partout infuse.

Bordj es-Sbaâ est une grande ville située dans une zone sèche. Les petites montagnes alentour sont presque nues, juste tachetées de touffes vertes et naines, séparées par des espaces blancs comme la craie. Je n'avais jamais vu un paysage pareil auparavant, ces hauteurs à la tête douce et clairsemée sur lesquelles l'approche du crépuscule répand une lumière bleue intense, immobile et froide comme la pierre. La ville ne possède presque pas d'arbres, ses maisons sont toutes vieilles et ternes mais l'éclat lumineux du soir les nimbe d'une clarté et d'une bienveillance factices.

Ma fatigue ainsi que ma hâte d'arriver m'ont fait trouver la ville belle et reposante. Elle est immergée dans l'ombre, mais le soleil traîne encore paresseusement sur le sommet des plus hautes collines.

Le soir a toujours figuré pour moi une halte et un répit où un feu discret prépare la surprise d'une galette chaude et d'un café fumant. Le temps perd ses longueurs éprouvantes, aucune misère n'a de prise sur moi.

Un spectacle me frappe dans cette région : des troupeaux d'ânes, apparemment sans propriétaires, errent en liberté. Dire que les paysans de nos montagnes doivent travailler des mois ou même des années pour arriver à se payer un âne! Lorsque je leur raconterai cela à mon retour, ils ne me croiront peut-être pas. La vue de toutes ces bêtes errantes tranquillise Rabah Ouali.

– Les ânes dans ce pays, me dit-il, n'ont pas l'air très prisés. Nous pouvons attacher le nôtre dehors sans courir de risque.

Nous avons pénétré dans la ville par le côté le moins accidenté. Les montagnes sont devant nous et sur nos côtés. Celle qui nous fait face a la forme d'une montée très douce que de larges taches de roches blanches font ressembler à une bête endormie. Le ciel et la lumière de cette ville ont un éclat singulier; son tranquille silence me pénètre par tous les pores et remue agréablement à l'intérieur de moi. J'oublie complètement la mission funèbre qui est la mienne ici.

Les habitants de Bordj es-Sbaâ ne parlent pas notre langue. Je comprends soudain cette clarté vive et la douceur crépusculaire de l'air : nous ne sommes pas loin du vaste pays de sable et de palmiers. J'aurais tant aimé voir des dromadaires mais il n'y en a malheureusement pas dans la ville.

Rabah Ouali demande à un passant l'emplacement d'un hammam puis nous nous dirigeons vers le centre touffu de la ville qui surplombe la large route par laquelle nous sommes entrés. Nous pénétrons dans une bâtisse qui ressemble aux mosquées que l'on trouve dans les villes : même porte d'entrée terminée en forme d'arc, même carrelage orné de motifs entrelacés par terre et sur les côtés. La seule différence avec les mosquées est qu'il n'y a pas de tapis sur le sol. Un homme vêtu d'une chemise et d'un simple tissu enroulé autour des hanches nous reçoit à l'entrée, assis derrière une table. Rabah Ouali et lui discutent un moment sans que je comprenne ce qu'ils disent. Puis mon compagnon sort de l'argent et le donne à l'homme drapé. Je comprends alors que nous allons passer la nuit dans cet endroit.

Nous regagnons de nouveau la rue où l'air est devenu frais. Notre âne est toujours attaché en bas, au bord de la route. Nous prenons dans la besace *(chouari)* un pain de boulanger et une pastèque que nous avions achetés à Boubras. Nous nous asseyons par terre et nous régalons. La marche et l'air vif du soir m'ont creusé l'estomac. Je n'ai pas besoin de boire car la pastèque a également étanché ma soif.

La rue est pratiquement déserte, les rares hommes que nous rencontrons sont emmitouflés dans des kachabias. Je commence à être fatigué, à avoir froid et je suis tout content lorsque je reconnais la porte en arc du hammam. Le même bonhomme trône derrière son bureau mais il est maintenant enveloppé d'un drap comme d'un manteau qui part de ses épaules et descend. Il a l'air d'un mort indocile dont la tête refuse de réintégrer le linceul.

Nous pénétrons plus en avant et je vois l'immense pièce mal éclairée où une quinzaine d'hommes sont allongés sur des matelas posés à même le sol. Cette vision produit sur moi une grande impression. J'avais entendu parler des hammams mais c'est la première fois que j'en vois un. Ces hommes alignés horizontalement ne m'inspirent rien de bon. Ils m'ont tous l'air de clochards sans attaches qui ont échoué piteusement là. Leur voisinage m'indispose. L'homme enroulé dans le drap nous désigne un matelas à deux places sur lequel nous nous étendons précautionneusement. Les bonnes places, celles qui se trouvent du côté des murs, sont déjà prises et le matelas qu'on nous assigne est situé au milieu de la pièce. Un simple drap de toile épaisse sert de couverture aux dormeurs, car personne n'a enlevé ses vêtements. D'ailleurs il n'y a pas d'endroit où les accrocher, sans compter que les dormeurs ne doivent pas être très confiants dans leur vis-à-vis d'infortune.

Je tente de vaincre la gêne que me procure cette promiscuité et ferme les yeux pour dormir. Mais mon esprit se tient éveillé, à l'affût. En fermant les yeux je m'efforce d'imaginer que je suis tout seul dans ma couchette. Mais un ronflement, une toux ou une discussion à voix basse vient me rappeler à la réalité.

L'atmosphère est très pesante, faite de sueur, d'odeur de tabac et de renfermé. A force de presser mes paupières qui maintenant bâillent toutes seules comme sous la poussée de minuscules ressorts, à force de malmener mon imagination, je sens mes tempes battre follement et mon corps sue par tous ses pores. Je suis aux aguets. Des craintes de toutes natures m'assaillent. J'écoute tomber les minutes comme des gouttes lourdes et menaçantes – intemporelles à force de lenteur.

L'assoupissement s'empare de moi parfois mais, dès que l'appréhension d'un danger me tire de ma somnolence, le sommeil s'éloigne à grands pas. Arriverai-je jamais à m'endormir? J'ai beau m'efforcer : mes sens montent la garde, inquiets et éprouvés. Maintenant ce n'est plus le sommeil qui me préoccupe mais le lever du jour. Comme je me suis assoupi à maintes reprises, j'ignore combien de temps il a bien pu s'écouler. La lumière faible et constante du hammam ne peut me fournir aucun repère. Elle sert juste à brouiller l'égouttement tortionnaire des minutes. Je me prends à espérer que l'aube ne tardera pas à me délivrer de ce cauchemar éveillé.

C'est lorsque j'ai commencé à désespérer de dormir, au moment où j'ai décidé d'attendre patiemment la lumière du jour que le sommeil est venu. Pesant et infaillible comme un coup de massue.

Je me revois dans ma région natale, plus exactement dans notre champ appelé Bouharoun. C'est un hiver très froid, et je continue un rêve entamé je ne sais quand. Je connais une impression souvent éprouvée dans mes rêves : celle de poursuivre une aventure commencée dans mes sommeils précédents. Cette fois-ci je me trouve tout seul dans le champ, sans même notre troupeau de chèvres fantaisistes. Qu'est-ce que je fabrique là? Je ne suis chargé d'aucune mission apparente. Je suis libre comme l'air glacé qui me flagelle. Mais je n'en suis pas heureux pour autant. La présence imminente d'une menace affadit le goût de cette liberté. J'ai la ferme conviction que quelqu'un ou quelque chose me poursuit, et que c'est pour lui échapper que je viens ici. Je scrute donc les alentours avec une grande crainte. Je sais aussi que j'ai un piège à oiseaux posé quelque part dans les fourrés et que je suis tenu de le surveiller, mais je ne peux m'aventurer jusque-là où mes poursuivants peuvent très bien se trouver cachés. J'erre donc dans les champs dans l'attente, probablement, d'un secours ou d'une personne qui m'expliquera à quoi j'ai réellement affaire. Mais je ne peux m'empêcher de hasarder constamment des regards du côté du fourré où mon piège est posé : je n'arrive pas à savoir si c'est dans le but de surveiller le piège contre des voleurs ou pour voir arriver mes poursuivants.

Je suis assis sous le figuier aux fruits noirs violacés *(ajenjar)* quand j'aperçois une silhouette qui se dirige en rampant vers le fourré. Je cesse pour un instant d'avoir peur et je crie très fort dans sa direction. La silhouette se relève : c'est mon frère. Il vient vers moi et me dit :

– J'ai voulu tester ta vigilance. Il y a beaucoup de voleurs de pièges par ici.

– Je ne sais pourquoi je suis ici. Quelqu'un doit me poursuivre.

– Mais non. Tu es venu dans le champ pour voir les lézards, et comme c'est l'hiver tu risques d'attendre longtemps.

Le froid est plus vif que tout à l'heure. Jadis le froid m'avait souvent arraché des larmes alors que je gardais les chèvres ici même. Mais avec l'arrivée de mon frère, je me sens tranquillisé et heureux. J'aime l'hiver. Des morceaux de ciel bleu apparaissent à travers les déchirures des nuages. Je m'aperçois maintenant que la plus haute des montagnes qui enserrent le village est recouverte de neige. Le soleil, par moments, ricoche dessus comme sur un miroir. Les buissons de cistes et de lentisques pleurent des larmes de pluie étincelantes. J'entends quelques oiseaux chanter.

De l'un des buissons sort soudain un grand lézard vert. Sa taille est inaccoutumée, mais je sais que je suis dans un jour peu ordinaire où rien ne doit m'étonner. Mon frère est un peu à l'écart mais je m'aperçois qu'il a repéré le reptile en même temps que moi. Nous nous précipitons vers l'animal qui nous échappe lestement, passe par maints buissons, ruisseaux et autres accidents de terrain tout en restant toujours à découvert. Il ne tarde pas à déboucher sur la route carrossable qui passe en dessous du village.

Un véhicule militaire est stationné là, l'un de ces véhicules qui roulent sur des chenilles et dont on ne peut voir l'intérieur à travers des vitres. Le lézard pénètre dans le véhicule et en ressort quelques secondes après, tenant une arme à feu. Il se met à nous tirer dessus. Nous nous enfuyons; lorsque nous nous arrêtons au creux d'un vallon d'où nous ne pouvons plus apercevoir l'engin meurtrier, mon frère me dit en soufflant avec force :

– Il m'en veut à mort. C'est ce lézard dont j'ai coupé la queue autrefois. Tu t'en souviens? Attends-moi ici, je vais voir s'il n'a pas l'intention de nous pourchasser encore. Si jamais il s'est calmé je lui demanderai pardon. Toi, tout ce que tu as à faire c'est de surveiller ton piège et te tenir sur tes gardes, on ne sait jamais ce qui peut arriver.

Il part en se glissant à travers les buissons comme il est venu tout à l'heure. Je ne tarde pas à le perdre de vue. Et le froid redouble alentour de moi, la neige de la montagne ne reflète plus aucune lumière. Tout devient soudain plus embrouillé, plus menaçant : les nuages tout à l'heure semblables à un linge fin qui battait sous le souffle d'une brise revêtent des formes hargneuses, le froid juste chatouillant se transforme en fouet cinglant, les arbres dégarnis rappellent par la raideur de leurs ramures leur nature de squelettes.

Lorsque mon frère revient, son ventre et sa poitrine sont maculés de sang, mais il marche comme si de rien n'était. Ce n'est qu'à l'instant où il arrive près de moi que je peux me rendre compte de la profondeur de ses blessures. Je l'aide à s'asseoir sous le figuier aux fruits noirs puis je pars en courant vers le village.

La route me paraît plus longue qu'à l'accoutumée. En outre le village est entouré d'une haie de fils barbelés dont je n'arrive pas à trouver l'issue. Lorsque je réussis à pénétrer dans le village, je m'aperçois qu'il n'y a personne à la djemaâ ni dans les maisons. Il faut envoyer chercher les hommes aux champs. J'ai dû courir dans tous les sens, me renseigner, enjamber des clôtures et des rigoles pour ne rassembler en tout et pour tout que deux personnes.

– Dépêchez-vous, leur intimé-je, les femmes m'ont déjà aidé à confectionner une civière.

– Tu crois que cela va servir à quelque chose? me répond l'un des hommes. Depuis le temps que tu demandes de l'aide, tu penses que ton frère est resté en vie à t'attendre?

– Nous viendrons avec toi, me dit l'autre, mais c'est juste pour que tu ne te plaignes pas un jour de notre ingratitude, ou ne nous accuses d'être responsables d'un malheur avec lequel nous n'avons rien à voir.

Le trajet qui nous sépare de Bouharoun ne me paraît heureusement pas aussi long qu'à l'aller. Je cours à perdre haleine en exhortant les deux hommes qui se pressent derrière moi à accélérer le pas. Lorsque j'arrive à Bouharoun, ayant complètement perdu de vue les villageois qui ont peut-être changé d'avis et fait demi-tour, je trouve un squelette adossé au tronc du figuier à fruits violacés...

Nous sortons très tôt du hammam. La lumière est jaune au-dessus des petites montagnes, rouge un peu plus haut dans le ciel. Nous nous arrêtons dans un café, mais je n'y retrouve guère le charme magique ressenti sur les chaises reposantes de Boubras. L'odeur de café qui plane dans la boutique exiguë est, bien sûr, très agréable mais elle n'arrive pas à vaincre la tristesse pesante que je porte en moi depuis le réveil. Rabah Ouali échange quelques phrases avec le tenancier puis nous sortons dans la ville.

– Nous allons nous rendre chez une personne qui nous montrera la tombe, me dit Rabah Ouali.

Nous demandons une fois notre direction à quelqu'un puis nous arrivons à une maison basse, presque aussi basse que les demeures de mon village. Rabah Ouali frappe à un portail en bois branlant et un homme de petite taille, très vieux, sort quelques secondes après. Il parle assez longuement avec Rabah Ouali puis je comprends qu'il nous invite à prendre le café. Rabah Ouali refuse et le vieil homme rentre chez lui.

– Il dit qu'il a aidé à enterrer un certain nombre de combattants musulmans tombés sous les balles de l'armée d'occupation. Mais il ne se rappelle pas chacun d'eux. Il a en tête quelques emplacements de tombes qu'il nous montrera.

Le vieil homme ressort, habillé d'une kachabia marron. Je m'aperçois que l'un de ses yeux ressemble à un crachat sanguinolent et je m'étonne de n'avoir pas remarqué cette infirmité tout à l'heure. Une immense pitié plonge ses racines au fond de moi, car j'ai toujours considéré les yeux comme la parcelle du corps par où la vie s'exprime le plus. Je comprends maintenant pourquoi le vieillard s'intéresse aux morts; il doit se sentir tellement proche d'eux.

Il fait encore relativement frais. Nous nous dirigeons

vers l'endroit où notre âne est attaché. Arrivés là, Rabah Ouali défait son chèche, l'étale par terre et accomplit sa prière du matin. Puis, le vieil homme ouvrant la marche, nous quittons la ville.

Nous marchons, et tous les ocres, tous les rouges, tous les blancs éclatants de la terre, du sable et des montagnes accourent à notre rencontre. Un homme devant nous pousse un immense troupeau de moutons, que cinq ou six chiens accompagnent, en un flot lent et serré. Je n'ai jamais vu autant de moutons rassemblés.

Nous montons, et les mamelons verts et blancs se rapprochent de nous. Je me rends compte que les taches de verdure que l'on voyait d'en bas, arbres nains et buissons, sont en réalité beaucoup plus espacées. Ce pays est d'une grande sécheresse.

Un vent chaud, désagréable, se met à souffler doucement. Il voile un instant de poussière sale toutes les couleurs éclatantes. Notre vieux guide s'arrête soudain, regarde alentour, indécis, puis hèle un berger qui se trouve par là. Les deux hommes et Da Rabah discutent un moment puis nous prenons du *chouari* la pelle et la pioche. La minute de vérité est arrivée. Mon cœur se met à battre très fort, mes viscères se nouent douloureusement. J'ai toujours aimé creuser la terre. Mais en d'autres occasions : pour tirer les lapereaux de leur terrier.

C'est Da Rabah qui creuse, moi je disperse la terre. Heureusement que le sol n'est pas dur. C'est un mélange de terre ocre et de sable, friable sous la pioche. Lorsque le vent chaud se met à souffler, il nous rabat la terre sur le visage où elle colle à la sueur.

Je jette des pelletées à tour de bras, et la tête commence à me tourner. Je me dis que tout cela n'est qu'un rêve. La suite peut-être de celui qui m'avait visité cette nuit. Le soleil qui assène ses coups sur la tête, l'éclat aveuglant de la pierre, la fosse qui s'approfondit sous mes yeux, les moutons éparpillés comme de menus nuages en dessous de nous, ce vieillard au visage meurtri parlant une langue inconnue de moi, tout cela me paraît irréel. Et j'attends, le cœur battant, mes bras s'activant en dehors de moi comme des hélices que je regarde tourner, que le rêve s'évanouisse, que je retrouve enfin tout ce qui fait ma réalité, mon environnement palpable : la djemaâ du village et ses vieillards, les hautes montagnes verdoyantes avec leur percée sur la mer, les troupeaux de chèvres dévastatrices, les jeux que modèlent les saisons.

Mais la fosse est irrémédiablement là et elle s'approfondit méthodiquement. Tout à coup la pioche de Da Rabah heurte quelque chose qui résonne faiblement. Il se remet à creuser, avec précaution cette fois, dégageant la terre avec ses mains. Le vieillard borgne et moi sommes penchés sur la fosse. Mon cœur affolé est monté dans ma gorge, il y bat avec déraison, à m'empêcher de respirer. Tout se vide lentement en moi : la tête, les poumons, le cœur; mon bas-ventre devient, seul, le refuge d'une masse nerveuse qui bat en pulsations douloureuses. Puis c'est l'effondrement de tout dans une hébétude inconsciente. Un os apparaît puis un autre et le crâne nous gratifie d'un grincement de dents. Da Rabah prend le crâne des deux mains puis se relève et nous regarde. L'une des dents de la mâchoire supérieure n'est pas comme les autres, Da Rabah la gratte d'un doigt : elle est en argent.

Nous restons un instant silencieux.

– Ton frère n'a jamais eu de dent en argent que je sache!

– Non, confirmé-je.

Puis il regarde le vieillard qui présente le bon œil de son côté. Le guide s'empresse de nous tranquilliser :

– Il y a une autre tombe un peu plus haut. Nous avions enterré deux croyants ce jour-là. Chacun à l'endroit précis où il était tombé.

C'est Rabah Ouali qui me traduit cela car il a vu l'indicible angoisse peinte sur mon visage.

Nous nous reposons un instant puis remballons nos outils. L'âne, ayant trouvé un providentiel bouquet de thym, refuse de s'en détacher. Nous employons la manière forte pour le pousser vers la terre et la pierre nues des hauteurs tandis que ses yeux humides ne cessent de se tourner vers l'arrière.

La journée commence à devenir franchement torride. Et il n'y a, autour de nous, que des arbres rabougris, avares de sève et d'ombre. Nous montons en silence vers la tête douce de la montagne. Tout à coup le vieillard s'arrête, pose sa canne sur un petit tertre. Je comprends, d'après ses gestes et ses paroles, qu'il croyait l'emplacement de la tombe nettement plus haut. Mais nous prenons, tout de même, le parti de vérifier. Cette fois le vieillard tient à nous aider. Nous sommes trois à nous relayer à la pelle et à la pioche. J'avais cru que l'air allait fraîchir avec notre ascension, mais ces montagnes sont différentes des nôtres, on dirait que nous n'avons fait que nous rapprocher du soleil.

Nous creusons avec moins de piété et de précaution. Tout ce que nous demandons désormais c'est d'en finir, d'exhumer ce squelette ubiquiste et farceur et de le ligoter solidement dans notre sac afin de nous en débarrasser une fois pour toutes.

Le tertre est devenu plat puis creux, la terre s'accumule à côté. Rabah Ouali ahane. De fatigue ou de rage? Son visage offre soudain une expression énigmatique où se confondent l'ébahissement, la curiosité et le doute. Il se met à enlever la terre avec frénésie. Je me précipite pour regarder le fond de la fosse. Et je reste moi aussi bouche bée : un squelette de bête était étendu aux pieds de Da Rabah. S'agit-il d'un chien ou d'un chacal? C'est sans doute un berger ou un chasseur qui avait tenu à récompenser, par une sépulture aussi respectueuse, les services d'un chien hors du commun.

Cette fois le vieux guide n'est pas aussi dépité que la première fois. Cette découverte n'est qu'une confirmation pour lui, elle donne plus de poids à ses réminiscences : c'est bien plus haut, comme il l'avait pensé, que se trouve notre squelette.

Nous y allons dans une rogne silencieuse. L'âne suit tout seul sans que personne le traîne ou le pousse. Le fier bourricot d'Ali Amaouche est devenu méconnaissable. Il a perdu sa prestance de bête bien entretenue. La crinière dépeignée, la langue pendante, les naseaux humides, il semble s'être soumis à cette fatalité qui pèse sur nous et il se traîne, les oreilles basses, sans même tenter de comprendre. Il sait que la pire des choses peut arriver dès lors que nous l'avons arraché à son bouquet de thym.

Lorsque nous parvenons près de l'ultime bosse de terre, nous nous asseyons pour reprendre souffle. Rabah Ouali n'éprouve maintenant aucune hâte à creuser. Il pose la gourde d'eau près de lui et se met à discuter avec le vieillard. L'âne a repéré une verdure timide : il est parti là, emportant les outils avec lui. Moi aussi je commence à me désintéresser de cette corvée; tout ce que je demande c'est une minuscule parcelle d'ombre pour mettre mon crâne à l'abri.

Mes deux compagnons ont l'air en verve; ils doivent se raconter des choses pas tristes du tout, car Rabah Ouali, s'oubliant soudain, laisse fuser un rire sonore. Il regarde, honteux et repenti, de mon côté puis observe un silence gêné. Comme pour s'amender, il se lève et va vers l'âne pour récupérer nos outils. Et les fouilles recommencent.

Cette fois nous travaillons doucement – et même, j'en ai l'impression, sereinement. Il y a le soleil accablant mais il y a surtout la certitude que nous tenons enfin le bon squelette. Alors nous voulons savourer lentement, en le retardant, le plaisir de voir cette certitude prendre forme. Mais lorsque Rabah Ouali s'agenouille pour dégager avec ses doigts les premiers os, tout mon sang reflue vers mon cœur et mon visage, mes tempes se mettent à battre, mes oreilles à bourdonner. Je m'enfonce, les pieds joints, dans une angoisse insondable. Cet accès de faiblesse, que j'avais tant craint au début et dont je me suis cru délivré, va-t-il me saisir maintenant?

Je regarde, le cœur battant à se rompre. Le squelette est là, au fond, indifférent à nos émois et à notre fatigue. Les deux mâchoires entrouvertes semblent nous narguer ou nous sourire. Mon frère si taciturne de son vivant a donc un squelette rieur!

4

Maintenant nous avons les os. Ils s'entrechoquent comme des pièces de monnaie à chaque fois que l'âne trébuche ou aborde les chemins encaissés. Les dernières cigales et les alouettes au cri mélancolique nous accompagnent dans les champs silencieux que l'août a incendiés. Seule la fraîcheur du soir appose un baume sur les brûlures du parcours.

C'est toujours passionnant de partir, avec un imprévu dans la tête. Mais le retour est une défaite. Jamais je n'aurais pensé que je pouvais rester aussi longtemps hors de mon village, mais à peine avons-nous quitté Bordj es-Sbaâ que je le revois, austère et immuable, comme si j'y étais déjà arrivé. Ce village est une vraie prison, je commence à m'en rendre compte après avoir découvert d'autres villages et même des villes. Le monde est bien vaste et certaines gens y vivent heureux. Comment, alors, persister à croire tous ces vieillards qui soutiennent que les saints tutélaires protègent notre contrée? Foin des saints tutélaires! Ne peuvent-ils pas nous permettre de manger un peu plus souvent? de nous habiller un peu mieux? Ils sont pourtant légion : Sidi M'hamed et ses deux fils, Sidi Abbou né au Ve siècle, Sidi Mahrez à la ceinture dorée, Sidi Yahia gardien des côtes. Mais j'ai l'impression que leur vocation première est celle de bourreaux plutôt que de saints : ils sont là juste pour entraver nos désirs et nos actions, pour nous empêcher d'étirer nos membres et de hausser le ton de nos voix. Gardiens d'une bienséance oppressive, voici ce qu'ils sont tout au plus.

Ce sont ces réflexions, ressassées tout au long d'un trajet ennuyeux, qui m'interdisent de considérer comme un retour triomphal cette mission accomplie à l'avantage de la famille et de la mort, sœurs jumelles dont la hantise ligote en nous tous les désirs.

Quel service avons-nous rendu à mon frère en le ramenant avec nous? Ce qui nous importe le plus, n'est-ce pas de l'enterrer une seconde fois – et plus profondément encore – afin qu'il ne s'avise plus jamais de venir troubler notre paix et notre bonne conscience? C'est comme si nous n'étions pas sûrs qu'il fût bien mort tant que nous n'avions pas à portée du regard cette nouvelle tombe sécurisante.

Mon frère aurait-il consenti à ce « déménagement » s'il avait pu nous faire parvenir son point de vue? Il était si bien, couché face au djebel Dirah, dans cette terre nue comme l'éternité! Et voici que nous le ramenons, captif, les os solidement liés, dans ce village qu'il n'avait sans doute jamais aimé.

Lorsqu'il était parti par cette nuit de grande décision, il savait – et j'en étais certain moi aussi – que c'était pour un voyage si important qu'on n'en revient jamais.

Mais l'acharnement de la famille est plus malfaisant que toutes les légions de l'enfer! La famille vous harcèle de votre vivant, multiplie les entraves et les bâillons et, une fois qu'elle vous a poussé vers la tombe, elle s'arroge des droits draconiens sur votre squelette. Allez donc me chercher une contrée où l'on ne dispose même pas librement de ses os! On meurt en croyant laisser derrière soi des parents inconsolables et ce sont des vautours insatiables qui pourchassent vos os comme pour en extraire un reste de moelle. Drôle de pays! D'un côté on respecte immodérément les morts comme pour justifier la vie impossible que l'on fait aux vivants, et de l'autre on les exhume pour vérifier si on ne peut leur soutirer encore quelque chose avant de les réenterrer plus profondément, là où même le souvenir ne pourra plus les retrouver.

Les mois qui viennent de s'écouler ont été extraordinairement révélateurs : ils ont dénudé l'âme des humains, jeté toutes les rapacités et les puanteurs dans la rue, précipité le temps comme une horloge affolée.

Les champs ruinés par la chaleur se succèdent sur notre chemin. L'été ne possède qu'une seule odeur : celle d'un feu inextinguible où grésillent herbes et insectes. Quelques paysans rencontrés, secs sous leurs chapeaux de paille, ont l'air de souches calcinées. On dirait qu'ils ont juste quelques pas à faire avant de s'écrouler comme ces insectes foudroyés dont on retrouve les restes friables sur les écorces et sous la pierre.

Notre retour est un retour sans gloire en dépit du précieux butin. Seul le harassement impose son poids, le reste ne fait que nous effleurer. Toutes les violences que le voyage avait accumulées dans mon corps forment un bloc compact qui rive mes membres et ma nuque. J'avais jadis de pareilles somnolences, de pareilles envies de repos et d'étirement lorsque je me réfugiais en été dans la maison de mon oncle Ahmed où un réveille-matin tictaquait avec application dans le silence parfait et le vide des murs très blancs, entre lesquels se prélassait un chat gras et lui aussi très silencieux. Existe-t-il des chats muets? En tout cas je n'ai jamais entendu miauler celui-là. Mon oncle Ahmed est le seul villageois qui, à ma connaissance, possède un réveil. En outre, il n'a pas d'enfants. Ce qui fait de lui un homme doublement étrange. C'est sûrement pour cela que sa maison était si propre, si tranquille. Les gens pensent que c'est une maison maudite où ne rôde que l'esprit du mal, car on leur avait appris à croire que « les anges ne rendent visite qu'aux demeures égayées par les vagissements de nouveau-nés ». Peut-être l'oncle lui-même pense-t-il comme les villageois? Mais il n'en a jamais rien laissé voir, car il est très fier, d'un tempérament nerveux et cassant, et les villageois les plus crâneurs préfèrent ne pas avoir affaire à lui. Il est en réalité très bon et très généreux – j'ai souvent eu l'occasion de m'en rendre compte lorsque j'allais me réfugier, en été, dans la quiétude de sa maison très blanche. Un jour, une question m'avait effleuré l'esprit : pourquoi ne répudie-t-il pas cette femme qui ne veut pas lui donner d'enfants? Les femmes stériles, chez nous, sont vite renvoyées dans leurs familles. C'est peut-être de ce côté qu'il faut chercher la cause de l'animosité des villageois à l'adresse de mon oncle : pourquoi ne respecte-t-il pas cette règle élémentaire qui veille à infuser continuellement au groupe du sang neuf? Mais lui se fout royalement des villageois, il sait réaliser tellement de choses avec ses mains qu'il n'a jamais demandé de service à personne; ce sont plutôt les autres qui le sollicitent. Il accorde alors son aide en maugréant, gâchant ainsi pour lui maintes occasions de voir les gens lui exprimer leur reconnaissance, leur gratitude.

Mais mon oncle n'est pas malheureux. Je me rends même compte maintenant qu'il possède des privilèges, entre autres celui d'être dispensé de toutes ces corvées d'os. Il n'est importuné par aucun squelette empoisonnant qui hanterait son sommeil ou le ferait courir par monts et par vaux. Malgré sa rogne continuelle et la crainte qu'il inspire à ses vis-à-vis, c'est peut-être lui le vrai sage du village. Vu notre lien de parenté, il était tout désigné pour m'accompagner à la place de Rabah Ouali. Mais il n'a jamais eu l'air de prendre au sérieux toutes ces histoires de squelettes.

Sur notre chemin, nous avons traversé les mêmes villes et villages mais sans hâte et sans enthousiasme. La soif de voir des choses nouvelles, le désir de s'acquitter d'une mission solennelle qui nous animaient au départ n'excitent plus notre regard et notre volonté. Nous ne nous sommes arrêtés nulle part plus d'une petite heure. Juste le temps d'acheter un pain et quelques fruits. Nous faisons tout pour éviter nos semblables comme si de chercheurs d'os que nous avons été au départ nous étions devenus des voleurs d'os. En cours de route, je me suis surpris une fois à penser que les os ramenés dans notre *chouari* sont peut-être ceux d'un étranger dont les parents véritables pourraient nous poursuivre pour récupérer leur bien. J'ai voulu faire part de mes appréhensions à Rabah Ouali et lui demander de nous hâter pour ne pas être rejoints. Mais le temps n'incite nullement à courir. Nous sommes pris à la verticale du soleil et nos jambes semblent entravées comme celles des bêtes dont on veut resserrer la surveillance.

On dit chez nous, de quelqu'un qui ne réagit pas aux événements, que Dieu le fera renaître âne dans l'au-delà. C'est sans doute là une dure condition. Mais, pour la situation présente, je ne vois nullement de différence entre notre âne et nous. C'est lui qui porte le fardeau mais le véritable poids du squelette est sur nos épaules et dans nos têtes. J'ai beau m'efforcer de penser à autre chose, aux montagnes qui naissent devant nous, aux alouettes qui fusent d'entre les pierres, au village qui se rapproche, mon esprit ne cesse de malaxer et de broyer des os comme un moulin infatigable. Et Da Rabah, plus silencieux qu'au départ, ne semble pas se délecter de perspectives plus euphoriques.

Cette randonnée l'a comme vieilli de plusieurs années. A force d'entendre des os cliqueter durant des jours et des jours, on finit par se demander si l'on a encore soi-même un peu de chair sur le squelette. Je sais que la mort ne me concerne pas. Mais Da Rabah ne doit pas penser de même. Dans ce tas d'os que nous avons brassés avec nos mains et notre imagination, pas de doute qu'il ait vu son propre squelette disloqué puis arrangé par les caprices du temps, avec un crâne pris entre les rotules et des omoplates vagabondes qui viennent reposer sur le bassin. Il l'a bien vu, ce squelette. Détaché de lui comme il le sera infailliblement un jour. Une fois, comme cela, à brûle-pourpoint, il me demande :

– Penses-tu que la mort soit une brave personne?

Alors, là, je ne sais vraiment que répondre, car il faudrait d'abord s'assurer que la mort est bien une personne. Il comprend mon embarras et enchaîne :

– Il y a de ces choses difficiles à comprendre pour nous, pauvres créatures façonnées dans de la vase. Regarde, par exemple, Azraïn, le tortionnaire à la massue qui roue de coups les âmes damnées, sais-tu que c'est un ange? Oui, absolument comme tous les autres anges, ceux qui veillent sur nous avec une condescendance plus que maternelle. Il y a, dans l'ordre établi par Dieu, tellement de choses déroutantes! C'est pourquoi je me demande dans quelle mesure la mort ne serait pas une brave personne. Tu penses que cela aurait quelque chose de contradictoire avec la tâche qu'elle est chargée d'exécuter? Eh bien, pas le moins du monde. J'imagine la mort qui se présenterait chez nous comme n'importe quel hôte de Dieu. Elle n'entreprendrait rien qui puisse attirer particulièrement l'attention. Elle s'assoirait avec le maître de maison sur une natte, une peau de mouton ou un coussin. Elle prendrait le café sans façons. Puis, au beau milieu d'une discussion, elle te dirait le plus naturellement du monde : « Je suis la mort. » Et pour ne pas t'effrayer outre mesure : « Oh, je ne suis pas trop pressée. Fais lentement tes valises et va dire adieu aux personnes chères. C'est un voyage comme un autre, sauf qu'on n'en revient pas. »

Rabah Ouali se tait. Je sais que ce sera pour longtemps. Il vient d'extirper de ses profondeurs une idée qui l'a obsédé des jours durant.

Nous sommes arrivés au niveau du village d'Ifergane. Il est accroché tout en haut de la montagne parmi des pierres plus grosses que les maisons. L'oued, en contrebas, garde quelques petites nappes d'eau dans son lit. Elles scintillent au soleil comme des miroirs. C'est cet oued qui se prolonge dans l'oued Azerzour, tout près de chez nous, où il se jette dans la mer.

Cette nuit est la dernière à passer dehors. Nous nous arrêtons avec la tombée du jour, nettement plus tôt que d'habitude, à proximité d'un gros olivier dont le feuillage forme un vrai toit naturel.

Nous débâtons l'âne puis descendons vers le lit de l'oued. L'eau a une couleur verte, transparente, qui laisse voir un fond de sable. La lumière du crépuscule est douce et terne. Je retrousse mon pantalon et pénètre dans cette eau. Une sensation agréable de fraîcheur monte de mes pieds, traverse ma colonne vertébrale où elle réveille des frissons. Les derniers chants d'oiseaux cèdent la place aux cris intermittents des insectes et des sauriens apeurés ou amoureux. L'eau verte s'insinue doucement entre mes mollets. Demain, nous verrons la mer qui ferme l'horizon d'un rideau bleu.

N'était la nuit, en regardant avec attention, nous aurions peut-être pu apercevoir notre village. Mais je n'ai nullement besoin de voir; je sais que le village sera là-haut, inchangé en notre absence, avec ses secrets bien murés et son regard froid de pierre que ne déride aucun été. Il sera là-haut, opposant toujours le même silence au désarroi de ceux qui questionnent, un silence buté et séculaire qui meurtrit les blessures.

Parcourir tant de distances, traverser tant de villages, cela vous révèle des choses étranges et dures sur vos semblables et sur vous-même. Rabah Ouali et moi nous étendons, sans un mot, sous l'olivier, tandis qu'au ciel éclatent de nouvelles parcelles lumineuses. Même la joie, toute naturelle, de revenir chez soi après une longue absence nous est étrangère.

Combien de morts, au fait, rentreront demain au village? Je suis certain que le plus mort d'entre nous n'est pas le squelette de mon frère qui cliquette dans le sac avec une allégresse non feinte. L'âne, constant dans ses efforts et ses braiments, est peut-être le seul être vivant que notre convoi ramène.

16 janvier 1983

[illegible] de ceux qui [illegible] silence [illegible]
[illegible] les discussions.

Parcourir [illegible] de [illegible] de [illegible] révèle des causes d'orages et, [illegible] sur vos [illegible] vous-même. [illegible] et moi nous [illegible] tandis qu'il [illegible]

[illegible] de [illegible] celle [illegible] le [illegible] toute [illegible] de revenir [illegible] après une longue [illegible] nous est étrangère.

Combien de [illegible] ont [illegible] au [illegible] Je suis certain que le plus grand [illegible] n'est pas le [illegible] de mon livre qu'à l'enquête dans le sens avec une allure [illegible] non [illegible] dans ses efforts et ses [illegible], est peut-être le seul être [illegible] de notre [illegible] commune.

[illegible] janvier [illegible]

COMPOSITION : PAO ÉDITIONS DU SEUIL

Cet ouvrage a été imprimé en France par
CPI Bussière
à Saint-Amand-Montrond (Cher)
en août 2011.
N° d'édition : 48491-3. - N° d'impression : 112671.
Dépôt légal : février 2001.